님의 침묵

베스트 셀러 한국문학선 30

님의 침묵

한용운

소담출판사

한용운
1876-1944

님은 갔습니다.
아아 사랑하는 나의 님은 갔습니다.
푸른 산빛을 깨치고
단풍나무숲을 향하여 난 적은 길을 걸어서
차마 떨치고 갔습니다.
황금의 꽃같이 굳고 빛나던 옛 맹서는
차디찬 티끌이 되어서,
한숨의 미풍에 날아갔습니다.
날카로운 첫 「키스」의 추억은 나의,
운명의 지침을 돌려놓고, 뒷걸음쳐서, 사라졌습니다.
나는 향기로운 님의 말소리에 귀먹고,
꽃다운 님의 얼굴에 눈멀었습니다.

「님의 침묵」中에서

차례

군말

「님」만 님이 아니라, 기룬 것은 다 님이다. 중생이 석가의 님이라면, 철학은 칸트의 님이다. 장미화의 님이 봄비라면 마시니의 님은 이태리다. 님은 내가 사랑할 뿐 아니라 나를 사랑하나니라.

연애가 자유라면 님도 자유일 것이다. 그러나 너희는 이름 좋은 자유에 알뜰한 구속을 받지 않느냐. 너에게도 님이 있느냐. 있다면 님이 아니라 너의 그림자니라.

나는 해 저문 벌판에서 돌아가는 길을 잃고 헤매는 어린 양이 기루어서 이 시를 쓴다.

著 者

님의 침묵

　님은 갔습니다. 아아 사랑하는 나의 님은 갔습니다.
　푸른 산빛을 깨치고 단풍나무숲을 향하여 난 적은 길을 걸어서 차마 떨치고 갔습니다.
　황금의 꽃같이 굳고 빛나던 옛 맹서는 차디찬 티끌이 되어서, 한숨의 미풍에 날아갔습니다.
　날카로운 첫 「키스」의 추억은 나의, 운명의 지침을 돌려놓고, 뒷걸음쳐서, 사라졌습니다.
　나는 향기로운 님의 말소리에 귀먹고, 꽃다운 님의 얼굴에 눈멀었습니다.
　사랑도 사람의 일이라, 만날 때에 미리 떠날 것을 염려하고 경계하지 아니한 것은 아니지만, 이별은 뜻밖의 일이 되고 놀란 가슴은 새로운 슬픔에 터집니다.
　그러나 이별을 쓸데없는 눈물의 원천(源泉)을 만들고 마는 것은 스스로 사랑을 깨치는 것인 줄 아는 까닭에, 걷잡을 수 없는 슬픔의 힘을 옮겨서 새 희망의 정수박이에 들어부었습니다.
　우리는 만날 때에 떠날 것을 염려하는 것과 같이, 떠날 때에 다시 만날 것을 믿습니다.

아아 님은 갔지마는 나는 님을 보내지 아니하였습니다.

　　제 곡조를 못 이기는 사랑의 노래는 님의 침묵을 휩싸고 돕니다.

이별은 미의 창조

이별은 미의 창조입니다.

이별의 미는 아침의 바탕[質] 없는 황금과, 밤의
올[系] 없는 검은 비단과, 죽음 없는 영원의 생명과,
시들지 않는 하늘의 푸른 꽃에도 없습니다.

님이여, 이별이 아니면, 나는 눈물에서 죽었다가 웃
음에서 다시 살아날 수가 없습니다. 오오 이별이여.

미는 이별의 창조입니다.

알 수 없어요

바람도 없는 공중에 수직의 파문을 내이며, 고요히 떨어지는 오동잎은 누구의 발자취입니까.

지리한 장마 끝에 서풍에 몰려가는 무서운 검은 구름의 터진 틈으로, 언뜻언뜻 보이는 푸른 하늘은 누구의 얼굴입니까.

꽃도 없는 깊은 나무에 푸른 이끼를 거쳐서, 옛 탑 위의 고요한 하늘을 스치는 알 수 없는 향기는 누구의 입김입니까.

근원은 알지도 못할 곳에서 나서, 돌부리를 울리고 가늘게 흐르는 적은 시내는 굽이굽이 누구의 노래입니까.

연꽃 같은 발꿈치로 가이없는 바다를 밟고, 옥 같은 손으로 끝없는 하늘을 만지면서, 떨어지는 날을 곱게 단장하는 저녁놀은 누구의 시(詩)입니까.

타고 남은 재가 다시 기름이 됩니다. 그칠 줄을 모르고 타는 나의 가슴은 누구의 밤을 지키는 약한 등불입니까.

가지 마셔요

그것은 어머니의 가슴에 머리를 숙이고 자기자기한 사랑을 받으려고 삐죽거리는 입술로 표정하는 어여쁜 아기를 싸안으려는 사랑의 날개가 아니라, 적의 깃발입니다.

그것은 자비의 백호광명(白毫光明)이 아니라, 번득거리는 악마의 눈빛입니다.

그것은 면류관과 황금의 누리와 죽음과를 본 체도 아니하고, 몸과 마음을 돌돌 뭉쳐서 사랑의 바다에 퐁당 넣으려는 사랑의 여신이 아니라, 칼의 웃음입니다.

아아 님이여, 위안에 목마른 나의 님이여, 걸음을 돌리셔요, 거기를 가지 마셔요, 나는 싫어요.

대지의 음악은 무궁화 그늘에 잠들었습니다.

광명의 꿈은 검은 바다에서 잠약질합니다.

무서운 침묵은 만상(萬像)의 속살거림에 서슬이 푸른 교훈을 나리고 있습니다.

아아 님이여, 새 생명의 꽃에 취하려는 나의 님이

여. 걸음을 돌리셔요, 거기를 가지 마셔요, 나는 싫어
요.

　거룩한 천사의 세례를 받은 순결한 청춘을 똑 따서
그 속에 자기의 생명을 넣어서, 그것을 사랑의 제단에
제물로 드리는 어여쁜 처녀가 어데 있어요.
　달금하고 맑은 향기를 꿀벌에게 주고, 다른 꿀벌에
게 주지 않는 이상한 백합꽃이 어데 있어요.
　자신의 전체를 죽음의 청산에 장사지내고, 흐르는
빛으로 밤을 두 쪼각에 베이는 반딧불이 어데 있어요.
　아아 님이여, 정에 순사(殉死)하려는 나의 님이여.
걸음을 돌리셔요, 거기를 가지 마셔요, 나는 싫어요.

　그 나라에는 허공이 없습니다.
　그 나라에는 그림자 없는 사람들이 전쟁을 하고 있
습니다.
　그 나라에는 우주만상의 모든 생명의 쇳대를 가지

고, 척도를 초월한 삼엄한 궤율로 진행하는 위대한 시
간이 정지되었습니다.

　아아 님이여, 죽음을 방향(芳香)이라고 하는 나의
님이여. 걸음을 돌리셔요, 거기를 가지 마셔요, 나는
싫어요.

고적한 밤

하늘에는 달이 없고, 땅에는 바람이 없습니다.
사람들은 소리가 없고, 나는 마음이 없습니다.

우주는 죽음인가요.
인생은 잠인가요.

한 가닥은 눈썹에 걸치고, 한 가닥은 적은 별에 걸
쳤던 님 생각의 금실은 살살살 걷힙니다.
한 손에는 황금의 칼을 들고, 한 손으로 천국의 꽃
을 꺾던 환상의 여왕도 그림자를 감추었습니다.
아아 님 생각의 금실과 환상의 여왕이 두 손을 마주
잡고, 눈물의 속에서 정사(情死)한 줄이야 누가 알아
요.

우주는 죽음인가요
인생은 눈물인가요
인생이 눈물이면
죽음은 사랑인가요.

나는 잊고저

남들은 님을 생각한다지만
나는 님을 잊고저 하여요
잊고저 할수록 생각하기로
행여 잊힐까 하고 생각하여 보았습니다.

잊으려면 생각하고
생각하면 잊히지 아니하니
잊도 말고 생각도 말아볼까요
잊든지 생각든지 내버려두어볼까요.
그러나 그리도 아니 되고
끊임없는 생각생각에 님뿐인데 어찌하여요.

구태여 잊으려면
잊을 수가 없는 것은 아니지만
삶과 죽음뿐이기로
님 두고는 못 하여요.

아아 잊히지 않는 생각보다
잊고저 하는 그것이 더욱 괴롭습니다.

나의 길

이 세상에는 길도 많기도 합니다.

산에는 돌길이 있습니다. 바다에는 뱃길이 있습니다. 공중에는 달과 별의 길이 있습니다.

강가에서 낚시질하는 사람은 모래 위에 발자취를 내입니다. 들에서 나물 캐는 여자는 방초(芳草)를 밟습니다.

악한 사람은 죄의 길을 좇아갑니다.

의(義) 있는 사람은 옳은 일을 위하여는 칼날을 밟습니다.

서산에 지는 해는 붉은 놀을 밟습니다.

봄 아침의 맑은 이슬은 꽃머리에서 미끄럼 탑니다.

그러나 나의 길은 이 세상에 둘밖에 없습니다.

하나는 님의 품에 안기는 길입니다.

그렇지 아니하면 죽음의 품에 안기는 길입니다.

그것은 만일 님의 품에 안기지 못하면, 다른 길은 죽음의 길보다 험하고 괴로운 까닭입니다.

아아 나의 길은 누가 내었습니까.

아아 이 세상에는 님이 아니고는 나의 길을 내일 수
가 없습니다.
　　그런데 나의 길을 님이 내었으면, 죽음의 길은 왜
내셨을까요.

예술가

　나는 서투른 화가여요.
　잠 아니 오는 잠자리에 누워서 손가락을 가슴에 대이고, 당신의 코와 입과 두 볼에 새암 파지는 것까지 그렸습니다.
　그러나 언제든지 적은 웃음이 떠도는 당신의 눈자위는, 그리다가 백 번이나 지웠습니다.

　나는 파접 못 한 성악가여요.
　이웃 사람도 돌아가고 버러지 소리도 그쳤는데, 당신의 가르쳐 주시던 노래를 부르려다가, 조는 고양이가 부끄러워서 부르지 못하였습니다.
　그래서 가는 바람이 문풍지를 스칠 때에, 가만히 합창하였습니다.

　나는 서정시인이 되기에는 너무도 소질이 없나봐요.
　「즐거움」이니 「슬픔」이니 「사랑」이니, 그런 것은 쓰기 싫어요.

당신의 얼굴과 소리와 걸음걸이와를 그대로 쓰고 싶습니다.

그리고 당신의 집과 침대와 꽃밭에 있는 적은 돌도 쓰겠습니다.

이별

　아아 사람은 약한 것이다, 여린 것이다, 간사한 것
이다.
　이 세상에는 진정한 사랑의 이별은 있을 수가 없는
것이다.
　죽음으로 사랑을 바꾸는 님과 님에게야, 무슨 이별
이 있으랴.
　이별의 눈물은 물거품의 꽃이요, 도금한 금방울이
다.

　칼로 베힌 이별의 「키스」가 어데 있느냐.
　생명의 꽃으로 빚은 이별의 두견주(杜鵑酒)가 어데
있느냐.
　피의 홍보석(紅寶石)으로 만든 이별의 기념반지가
어데 있느냐.
　이별의 눈물은 지주의 마니주(摩尼珠)요, 거짓의
수정이다.

　사랑의 이별은 이별의 반면에, 반드시 이별하는 사

랑보다 더 큰 사랑이 있는 것이다.

혹은 직접의 사랑은 아닐지라도, 간접의 사랑이라도 있는 것이다.

다시 말하면, 이별하는 애인보다 자기를 더 사랑하는 것이다.

만일 애인을 자기의 생명보다 더 사랑하면, 무궁을 회전하는 시간의 수레바퀴에 이끼가 끼도록 사랑의 이별은 없는 것이다.

아니다 아니다. 「참」보다도 참인 님의 사랑엔, 죽음보다도 이별이 훨씬 위대하다.

죽음이 한 방울의 찬 이슬이라면, 이별은 일천 줄기의 꽃비다.

죽음이 밝은 별이라면, 이별은 거룩한 태양이다.

생명보다 사랑하는 애인을 사랑하기 위하여는, 죽을 수가 없는 것이다.

진정한 사랑을 위하여는, 괴롭게 사는 것이 죽음보

다도 더 큰 희생이다.

　이별은 사랑을 위하여 죽지 못하는 가장 큰 고통이
요, 보은이다.

　애인은 이별보다 애인의 죽음을 더 슬퍼하는 까닭이
다.

　사랑은 붉은 촛불이나 푸른 술에만 있는 것이 아니
라, 먼 마음을 서로 비치는 무형(無形)에도 있는 까
닭이다.

　그러므로 사랑하는 애인을 죽음에서 잊지 못하고,
이별에서 생각하는 것이다.

　그러므로 사랑하는 애인을 죽음에서 웃지 못하고,
이별에서 우는 것이다.

　그러므로 애인을 위하여는 이별의 원한을 죽음의 유
쾌로 갚지 못하고, 슬픔의 고통으로 참는 것이다.

　그러므로 사랑은 차마 죽지 못하고, 차마 이별하는
사랑보다 더 큰 사랑은 없는 것이다.

그러고 진정한 사랑은 곳이 없다.

진정한 사랑은 애인의 포옹만 사랑할 뿐 아니라, 애인의 이별도 사랑하는 것이다.

그러고 진정한 사랑은 때가 없다.

진정한 사랑은 간단(間斷)이 없어서 이별은 애인의 육(肉)뿐이요, 사랑은 무궁이다.

아아 진정한 애인을 사랑함에는 죽음은 칼을 주는 것이요, 이별은 꽃을 주는 것이다.

아아 이별의 눈물은 진이요 선이요 미다.

아아 이별의 눈물은 석가요 모세요 잔다크다.

꿈 깨고서

님이면은 나를 사랑하련마는, 밤마다 문밖에 와서 발자취 소리만 내이고, 한번도 들어오지 아니하고 도로 가니, 그것이 사랑인가요.

그러나 나는 발자취나마 님의 문밖에 가본 적이 없습니다.

아마 사랑은 님에게만 있나봐요.

아아 발자취 소리나 아니더면, 꿈이나 아니 깨었으련마는

꿈은 님을 찾아가려고 구름을 탔었어요.

길이 막혀

당신의 얼굴은 달도 아니언만
산 넘고 물 넘어 나의 마음을 비춥니다.

나의 손길은 왜 그리 짧아서
눈앞에 보이는 당신의 가슴을 못 만지나요.

당신이 오기로 못 올 것이 무엇이며
내가 가기로 못 갈 것이 없지마는
산에는 사다리가 없고
물에는 배가 없어요.

뉘라서 사다리를 떼고 배를 깨트렸습니까.
나는 보석으로 사다리 놓고 진주로 배 모아요.
오시려도 길이 막혀서 못 오시는 당신이 기루어요.

자유정조(自由貞操)

　내가 당신을 기다리고 있는 것은 기다리고자 하는
것이 아니라, 기다려지는 것입니다.
　말하자면 당신을 기다리는 것은 정조보다도 사랑입
니다.

　남들은 나더러 시대에 뒤진 낡은 여성이라고 삐죽거
립니다. 구구한 정조를 지킨다고.
　그러나 나는 시대성을 이해하지 못하는 것도 아닙니
다.
　인생과 정조의 심각한 비탄을 하여 보기도 한두 번
이 아닙니다.
　자유연애의 신성(神聖)(?)을 덮어놓고 부정하는
것도 아닙니다.
　대자연을 따라서 초연생활(超然生活)을 할 생각도
하여 보았습니다.
　그러나 구경(究竟), 만사가 다 저의 좋아하는 대로
말한 것이요, 행한 것입니다.

나는 님을 기다리면서 괴로움을 먹고 살이 찝니다.
어려움을 입고 키가 큽니다.
　　나의 정조는 「자유정조」입니다.

나룻배와 행인

나는 나룻배
당신은 행인.

당신은 흙발로 나를 짓밟습니다.
나는 당신을 안고 물을 건너갑니다.
나는 당신을 안으면 깊으나 옅으나 급한 여울이나
건너갑니다.

만일 당신이 아니 오시면 나는 바람을 쐬고 눈비를
맞으며 밤에서 낮까지 당신을 기다리고 있습니다.
당신은 물만 건너면 나를 돌아보지도 않고 가십니다
그려.

그러나 당신이 언제든지 오실 줄만은 알아요.
나는 당신을 기다리면서 날마다 날마다 낡아갑니다.

나는 나룻배
당신은 행인.

나의 노래

　나의 노랫가락의 고저장단은 대중이 없습니다.
　그래서 세속의 노래 곡조와는 조금도 맞지 않습니다.
　그러나 나는 나의 노래가 세속 곡조에 맞지 않는 것을 조금도 애닯아 하지 않습니다.
　나의 노래는 세속의 노래와 다르지 아니하면 아니되는 까닭입니다.
　곡조는 노래의 결함을 억지로 조절하려는 것입니다.
　곡조는 부자연한 노래를 사람의 망상으로 도막쳐놓는 것입니다.
　참된 노래에 곡조를 붙이는 것은 노래의 자연에 치욕입니다.
　님의 얼굴에 단장을 하는 것이 도리어 흠이 되는 것과 같이, 나의 노래에 곡조를 붙이면 도리어 결점이 됩니다.

　나의 노래는 사랑의 신(神)을 울립니다.

나의 노래는 처녀의 청춘을 쥠짜서, 보기도 어려운 맑은 물을 만듭니다.

나의 노래는 님의 귀에 들어가서는 천국의 음악이 되고, 님의 꿈에 들어가서는 눈물이 됩니다.

나의 노래가 산과 들을 지나서, 멀리 계신 님에게 들리는 줄을 나는 압니다.

나의 노랫가락이 바르르 떨다가 소리를 이루지 못할 때에 나의 노래가 님의 눈물겨운 고요한 환상으로 들어가서 사라지는 것을 나는 분명히 압니다.

나는 나의 노래가 님에게 들리는 것을 생각할 때에, 광영(光榮)에 넘치는 나의 적은 가슴은 발발발 떨면서 침묵의 음보(音譜)를 그립니다.

하나가 되어주셔요

님이여, 나의 마음을 가져가려거든 마음을 가진 나
한지 가져가셔요. 그리하여 나로 하여금 님에게서 하
나가 되게 하셔요.

그렇지 아니하거든 나에게 고통만을 주지 마시고,
님의 마음을 다 주시오. 그리고 마음을 가진 님한지
나에게 주셔요. 그래서 님으로 하여금 나에게서 하나
가 되게 하셔요.

그렇지 아니하거든 나의 마음을 돌려보내주셔요. 그
리고 나에게 고통을 주셔요.

그러면 나는 나의 마음을 가지고, 님의 주시는 고통
을 사랑하겠습니다.

차라리

    님이여 오셔요. 오시지 아니하려면 차라리 가셔요. 가려다 오고, 오려다 가는 것은 나에게 목숨을 빼앗고, 죽음도 주지 않는 것입니다.
    님이여 나를 책망하려거든, 차라리 큰소리로 말씀하여 주셔요.
    침묵으로 책망하지 말고, 침묵으로 책망하는 것은 아픈 마음을 얼음 바늘로 찌르는 것입니다.
    님이여 나를 아니 보려거든, 차라리 눈을 돌려서 감으셔요. 흐르는 곁눈으로 흘겨보지 마셔요. 곁눈으로 흘겨보는 것은 사랑의 보(褓)에 가시의 선물을 싸서 주는 것입니다.

잠 없는 꿈

나는 어느 날 밤에 잠 없는 꿈을 꾸었습니다.

「나의 님은 어데 있어요, 나는 님을 보러 가겠습니다. 님에게 가는 길을 가져다가 나에게 주셔요, 검이여.」

「너의 가려는 길은 너의 님의 오려는 길이다. 그 길을 가져다 너에게 주면, 너의 님은 올 수가 없다.」

「내가 가기만 하면, 님은 아니 와도 관계가 없습니다.」

「너의 님의 오려는 길을 너에게 갖다 주면, 너의 님은 다른 길로 오게 된다. 네가 간대도 너의 님을 만날 수가 없다.」

「그러면 그 길을 가져다가 나의 님에게 주셔요.」

「너의 님에게 주는 것이 너에게 주는 것과 같다. 사람마다 저의 길이 각각 있는 것이다.」

「그러면 어찌하여야 이별한 님을 만나보겠습니끼.」

「네가 너를 가져다가 너의 가려는 길에 주어라. 그러하고 쉬지 말고 가거라.」

「그리할 마음은 있지마는, 그 길에는 고개도 많고 물도 많습니다. 갈 수가 없습니다.」

검은 「그러면 너의 님을 가슴에 안겨주마.」 하고 나의 님을 나에게 안겨주었습니다.

나는 나의 님을 힘껏 껴안았습니다.

나의 팔이 나의 가슴을 아프도록 다칠 때에, 나의 두 팔에 베여진 허공은 나의 팔을 뒤에 두고 이어졌습니다.

당신이 아니더면

　당신이 아니더면 포시럽고 매끄럽던 얼굴이 왜 주름
살이 잡혀요.
　당신이 기룹지만 않다면, 언제까지라도 나는 늙지
아니할 테여요.
　맨 첨에 당신에게 안기던 그때대로 있을 테여요.

　그러나 늙고 병들고 죽기까지라도, 당신 때문이라면
나는 싫지 안 하여요.
　나에게 생명을 주든지 죽음을 주든지, 당신의 뜻대
로만 하셔요.
　나는 곧 당신이어요.

생명

　닻과 치를 잃고 거친 바다에 표류된 적은 생명의 배
는, 아직 발견도 아니 된 황금의 나라를 꿈꾸는 한줄
기 희망이 나침반이 되고 항로가 되고 순풍이 되어서,
물결의 한 끝은 하늘을 치고, 다른 물결의 한 끝은 땅
을 치는 무서운 바다에 배질합니다.

　님이여, 님에게 바치는 이 적은 생명을 힘껏 껴안아
주셔요.

　이 적은 생명이 님의 품에서 으서진다 하여도, 환희
의 영지(靈地)에서 순정(殉情)한 생명의 파편은, 최
귀(最貴)한 보석이 되어서 쪼각쪼각이 적당히 이어져
서, 님의 가슴에 사랑의 휘장을 걸겠습니다.

　님이여 끝없는 사막에 한 가지의 깃들일 나무도 없
는 적은 새인 나의 생명을 님의 가슴에 으서지도록 껴
안아주셔요.

　그러고 부서진 생명의 쪼각쪼각에 입맞춰주셔요.

사랑의 측량

즐겁고 아름다운 일은 양이 많을수록 좋은 것입니다.

그런데 당신의 사랑은 양이 적을수록 좋은가봐요.

당신의 사랑은 당신과 나와 두 사람의 사이에 있는 것입니다.

사랑의 양을 알려면, 당신과 나의 거리를 측량할 수밖에 없습니다.

그래서 당신과 나의 거리가 멀면 사랑의 양이 많고, 거리가 가까우면 사랑의 양이 적을 것입니다.

그런데 적은 사랑은 나를 웃기더니, 많은 사랑은 나를 울립니다.

뉘라서 사람이 멀어지면, 사랑도 멀어진다고 하여요.

당신이 가신 뒤로 사랑이 멀어졌으면, 날마다 날마다 나를 울리는 것은 사랑이 아니고 무엇이어요.

진주

언제인지 내가 바닷가에 가서 조개를 주웠지요. 당신은 나의 치마를 걷어주셨어요. 진흙 묻는다고.
집에 와서는 나를 어린아기 같다고 하셨지요, 조개를 주워다가 장난한다고, 그리고 나가시더니, 금강석을 사다 주셨습니다, 당신이.

나는 그때에 조개 속에서 진주를 얻어서, 당신의 적은 주머니에 넣드렸습니다.
당신이 어디 그 진주를 가지고 계셔요, 잠시라도 왜 남을 빌려주셔요.

슬픔의 삼매(三昧)

하늘의 푸른 빛과 같이 깨끗한 죽음은 군동(群動)
을 정화(淨化)합니다.
허무의 빛인 고요한 밤은 대지에 군림하였습니다.
힘없는 촛불 아래에 사리뜨리고 외로이 누워 있는
오오 님이여.
눈물의 바다에 꽃배를 띄웠습니다.
꽃배는 님을 싣고 소리도 없이 가라앉았습니다.
나는 슬픔의 삼매에 「아공(我空)」이 되었습니다.

꽃향기의 무르녹은 안개에 취하여 청춘의 황야에 비
틀걸음치는 미인이여.
죽음을 기러기 털보다도 가벼웁게 여기고, 가슴에서
타오르는 불꽃을 얼음처럼 마시는 사랑의 광인(狂人)
이여.
아아 사랑에 병들어, 자기의 사랑에게 자살을 권고
하는 사랑의 실패자여.
그대는 만족한 사랑을 받기 위하여 나의 팔에 안겨
요.

나의 팔은 그대의 사랑의 분신인 줄을 그대는 왜 모
르셔요.

의심하지 마셔요

　의심하지 마셔요. 당신과 떨어져 있는 나에게 조금도 의심을 두지 마셔요.
　의심을 둔대야 나에게는 별로 관계가 없으나, 부질없이 당신에게 고통의 숫자만 더할 뿐입니다.

　나는 당신의 첫사랑의 팔에 안길 때에, 온갖 거짓의 옷을 다 벗고, 세상에 나온 그대로의 발가벗은 몸을 당신의 앞에 놓았습니다. 지금까지도 당신의 앞에는 그때에 놓아둔 몸을 그대로 받들고 있습니다.

　만일 인위(人爲)가 있다면, 「어찌하여야 첨 마음을 변치 않고 끝끝내 거짓 없는 몸을 님에게 바칠고.」 하는 마음뿐입니다.
　당신의 명령이라면, 생명의 옷까지도 벗겠습니다.

　나에게 죄가 있다면, 당신을 그리워하는 나의 「슬픔」입니다.

당신이 가실 때에 나의 입술에 수가 없이 입맞추고,
「부디 나에게 대하여 슬퍼하지 말고 잘 있으라.」고
한, 당신의 간절한 부탁에 위반되는 까닭입니다.

그러나 그것만은 용서하여주셔요.
당신을 그리워하는 슬픔은 곧 나의 생명인 까닭입니
다.
만일 용서하지 아니하면, 후일에 그에 대한 벌을 풍
우(風雨)의 봄 새벽의 낙화(落花)의 수만치라도 받겠
습니다.
당신의 사랑의 동아줄에 휘감기는 체형(體刑)도 사
양치 않겠습니다.
당신의 사랑의 혹법(酷法) 아래에 일만 가지로 복
종하는 자유형(自由刑)도 받겠습니다.

그러나 당신이 나에게 의심을 두시면, 당신의 의심
의 허물과 나의 슬픔의 죄를 맞비기고 말겠습니다.

당신에게 떨어져 있는 나에게 의심을 두지 마셔요.
부질없이 당신에게 고통의 숫자를 더하지 마셔요.

당신은

당신은 나를 보면 왜 늘 웃기만 하셔요. 당신의 찡
그리는 얼굴을 좀 보고 싶은데.

나는 당신을 보고 찡그리기는 싫어요. 당신은 찡그
리는 얼굴을 보기 싫어하실 줄을 압니다.

그러나 떨어진 도화가 날아서 당신의 입술을 스칠
때에, 나는 이마가 찡그려지는 줄도 모르고 울고 싶었
습니다.

그래서 금실로 수놓은 수건으로 얼굴을 가렸습니다.

행복

　나는 당신을 사랑하고, 당신의 행복을 사랑합니다.
나는 온 세상 사람이 당신을 사랑하고, 당신의 행복을
사랑하기를 바랍니다.
　그러나 정말로 당신을 사랑하는 사람이 있다면, 나
는 그 사람을 미워하겠습니다. 그 사람을 미워하는 것
은 당신을 사랑하는 마음의 한 부분입니다.
　그러므로 그 사람을 미워하는 고통도 나에게는 행복
입니다.

　만일 온 세상 사람이 당신을 미워한다면, 나는 그
사람을 얼마나 미워하겠습니까.
　만일 온 세상 사람이 당신을 사랑하지도 않고 미워
하지도 않는다면, 그것은 나의 일생에 견딜 수 없는
불행입니다.
　만일 온 세상 사람이 당신을 사랑하고자 하여 나를
미워한다면, 나의 행복은 더 클 수가 없습니다.
　그것은 모든 사람의 나를 미워하는 원한의 두만강이

깊을수록, 나의 당신을 사랑하는 행복의 백두산이 높아지는 까닭입니다.

착인(錯認)

　나려오셔요, 나의 마음이 자릿자릿하여요, 곧 나려
오셔요.
　사랑하는 님이여, 어찌 그렇게 높고 가는 나뭇가지
위에서 춤을 추셔요.
　두 손으로 나뭇가지를 단단히 붙들고 고이고이 나려
오셔요.
　에그 저 나무 잎새가 연꽃 봉오리 같은 입술을 스치
겠네, 어서 나려오셔요.

　「네네 나려가고 싶은 마음이 잠자거나 죽은 것은
아닙니다마는, 나는 아시는 바와 같이 여러 사람의 님
인 때문이어요. 향기로운 부르심을 거스르고자 하는
것은 아닙니다.」고 버들가지에 걸린 반달은 해쭉해쭉
웃으면서 이렇게 말하는 듯하였습니다.
　나는 적은 풀잎만치도 가림이 없는 발가벗은 부끄럼
을 두 손으로 움켜쥐고, 빠른 걸음으로 잠자리에 들어
가서 눈을 감고 누웠습니다.
　나려오지 않는다던 반달이 사뿐사뿐 걸어와서, 창

밖에 숨어서 나의 눈을 엿봅니다.
부끄럽던 마음이 갑자기 무서워서 떨려집니다.

밤은 고요하고

밤은 고요하고 방은 물로 시친 듯합니다.

이불은 개인 채로 옆에 놓아두고, 화롯불을 다듬거리고 앉았습니다.

밤은 얼마나 되었는지, 화롯불은 꺼져서 찬 재가 되었습니다.

그러나 그를 사랑하는 나의 마음은 오히려 식지 아니하였습니다.

닭의 소리가 채 나기 전에 그를 만나서 무슨 말을 하였는데, 꿈조차 분명치 않습니다그려.

비밀

　비밀입니까, 비밀이라니요, 나에게 무슨 비밀이 있겠습니까.
　나는 당신에게 대하여 비밀을 지키려고 하였습니다마는, 비밀은 야속히도 지켜지지 아니하였습니다.

　나의 비밀은 눈물을 거쳐서 당신의 시각으로 들어갔습니다.
　나의 비밀은 한숨을 거쳐서 당신의 청각으로 들어갔습니다.
　나의 비밀은 떨리는 가슴을 거쳐서 당신의 촉각으로 들어갔습니다.
　그 밖의 비밀은 한 쪼각 붉은 마음이 되어서 당신의 꿈으로 들어갔습니다.
　그러고 마지막 비밀은 하나 있습니다. 그러나 그 비밀은 소리없는 메아리와 같아서 표현할 수가 없습니다.

사랑의 존재

　사랑을 「사랑」이라고 하면, 벌써 사랑은 아닙니다.
　사랑을 이름지을 만한 말이나 글이 어데 있습니까.
　미소에 눌려서 괴로운 듯한 장미빛 입술인들, 그것을 스칠 수가 있습니까.
　눈물의 뒤에 숨어서 슬픔의 흑암면(黑闇面)을 반사하는 가을 물결의 눈인들, 그것을 비출 수가 있습니까.
　그림자 없는 구름을 거쳐서, 메아리 없는 절벽을 거쳐서, 마음이 갈 수 없는 바다를 거쳐서, 존재? 존재입니다.
　그 나라는 국경이 없습니다. 수명(壽命)은 시간이 아닙니다.
　사랑의 존재는 님의 눈과 님의 마음도 알지 못합니다.
　사랑의 비밀은 다만 님의 수건에 수놓는 바늘과, 님의 심으신 꽃나무와, 님의 잠과, 시인의 상상과, 그들만이 압니다.

꿈과 근심

밤 근심이 하 길기에
꿈도 길 줄 알았더니
님을 보러 가는 길에
반도 못 가서 깨었고나.

새벽 꿈이 하 짜릅기에
근심도 짧을 줄 알았더니
근심에서 근심으로
끝간 데를 모르겠다.

만일 님에게도
꿈과 근심이 있거든
차라리
근심이 꿈 되고 꿈이 근심 되어라.

포도주

　가을 바람과 아침 볕에 마치맞게 익은 향기로운 포도를 따서 술을 빚었습니다. 그 술 고이는 향기는 가을 하늘을 물들입니다.
　님이여, 그 술을 연잎 잔에 가득히 부어서 님에게 드리겠습니다.
　님이여, 떨리는 손을 거쳐서 타오르는 입술을 축이셔요.

　님이여, 그 술은 한 밤을 지나면 눈물이 됩니다.
　아아 한 밤을 지나면 포도주가 눈물이 되지마는, 또 한 밤을 지나면 나의 눈물이 다른 포도주가 됩니다. 오오 님이여.

비방

세상은 비방도 많고 시기도 많습니다.

당신에게 비방과 시기가 있을지라도 관심치 마셔요.

비방을 좋아하는 사람들은 태양에 흑점이 있는 것도 다행으로 생각합니다.

당신에게 대하여는 비방할 것이 없는 그것을 비방할는지 모르겠습니다.

조는 사자를 죽은 양이라고 할지언정, 당신이 시련을 받기 위하여 도적에게 포로가 되었다고 그것을 비겁이라고 할 수는 없습니다.

달빛을 갈꽃으로 알고 흰 모래 위에서 갈매기를 이웃하여 잠자는 기러기를 음란하다고 할지언정, 정직한 당신이 교활한 유혹에 속혀서 청루(靑樓)에 들어갔다고, 당신을 지조가 없다고 할 수는 없습니다.

당신에게 비방과 시기가 있을지라도 관심치 마셔요.

「?」

　희미한 졸음이 활발한 님의 발자취 소리에 놀라 깨어, 무거운 눈썹을 이기지 못하면서 창을 열고 내다보았습니다.

　동풍에 몰리는 소낙비는 산모롱이를 지나가고, 뜰앞의 파초잎 위에 빗소리의 남은 음파가 그네를 뜁니다.

　감정과 이지가 마주치는 찰나에, 인면(人面)의 악마와 수심(獸心)의 천사가 보이려다 사라집니다.

　흔들어 빼는 님의 노랫가락에, 첫 잠든 어린 잔나비의 애처로운 꿈이, 꽃 떨어지는 소리에 깨었습니다.

　죽은 밤을 지키는 외로운 등잔불의 구슬꽃이, 제 무게를 이기지 못하여 고요히 떨어집니다.

　미친 물에 타오르는 불쌍한 영(靈)은 질밍의 북극에서 신세계를 탐험합니다.

　사막의 꽃이여 그믐밤의 만월이여 님의 얼굴이여.

피려는 장미화는 아니라도, 갈지 않은 백옥인 순결한 나의 입술은, 미소에 목욕 감는 그 입술에 채 닿지 못하였습니다.

　움직이지 않는 달빛에 눌리운 창에는, 저의 털을 가다듬는 고양이의 그림자가 오르락나리락합니다.

　아아 불(佛)이냐 마(魔)냐 인생이 티끌이냐 꿈이 황금이냐.

　적은 새여, 바람에 흔들리는 약한 가지에서 잠자는 적은 새여.

님의 손길

님의 사랑은 강철을 녹이는 불보다도 뜨거운데, 님의 손길은 너무 차서 한도가 없습니다.
나는 이 세상에서 서늘한 것도 보고, 찬 것도 보았습니다. 그러나 님의 손길같이 찬 것은 볼 수가 없습니다.

국화 핀 서리 아침에 떨어진 잎새를 울리고 오는, 가을 바람도 님의 손길보다는 차지 못합니다.
달이 적고 별에 뿔나는 겨울밤에, 얼음 위에 쌓인 눈도 님의 손길보다는 차지 못합니다.
감로와 같이 청량한 선사(禪師)의 설법도 님의 손길보다는 차지 못합니다.

나의 적은 가슴에 타오르는 불꽃은 님의 손길이 아니고는 끄는 수가 없습니다.
님의 손길의 온도를 측량할 만한 한란계(寒暖計)는 나의 가슴밖에는 아무 데도 없습니다.

님의 사랑은 불보다도 뜨거워서, 근심 산(山)을 태우고 한(恨) 바다를 말리는데, 님의 손길은 너무도 차서 한도가 없습니다.

당신을 보았습니다

당신이 가신 뒤로 나는 당신을 잊을 수가 없습니다.
까닭은 당신을 위하느니보다 나를 위함이 많습니다.

나는 갈고 심을 땅이 없으므로 추수가 없습니다.
저녁거리가 없어서 조나 감자를 꾸러 이웃집에 갔더
니, 주인은 「거지는 인격이 없다. 인격이 없는 사람은
생명이 없다. 너를 도와주는 것은 죄악이다.」고 말하
였습니다.
그 말을 듣고 돌아나올 때에, 쏟아지는 눈물 속에서
당신을 보았습니다.

나는 집도 없고 다른 까닭을 겸하여 민적(民籍)이
없습니다.
「민적(民籍) 없는 자는 인권이 없다. 인권이 없는
너에게 무슨 정조냐.」 하고 능욕하려는 장군이 있었습
니다.
그를 항거한 뒤에, 남에게 대한 격분이 스스로의 슬

폼으로 화(化)하는 찰나에 당신을 보았습니다.

　아아 온갖 윤리, 도덕, 법률은 칼과 황금을 제사지내는 연기인 줄을 알았습니다.

　영원의 사랑을 받을까, 인간역사의 첫 페이지에 잉크칠을 할까, 술을 마실까 망설일 때에 당신을 보았습니다.

비

비는 가장 큰 권위를 가지고, 가장 좋은 기회를 줍니다.

비는 해를 가리고, 세상 사람의 눈을 가립니다.

그러나 비는 번개와 무지개를 가리지 않습니다.

나는 번개가 되어 무지개를 타고, 당신에게 가서 사랑의 팔에 감기고자 합니다.

비 오는 날, 가만히 가서 당신의 침묵을 가져온대도, 당신의 주인은 알 수가 없습니다.

만일 당신이 비 오는 날에 오신다면, 나는 연잎으로 윗옷을 지어서 보내겠습니다.

당신 비 오는 날에 연잎 옷을 입고 오시면 이 세상에는 알 사람이 없습니다.

당신이 비 가운데로 가만히 오셔서, 나의 눈물을 가져가신대도, 영원한 비밀이 될 것입니다.

비는 가장 큰 권위를 가지고, 가장 좋은 기회를 줍니다.

해당화

　당신은 해당화 피기 전에 오신다고 하였습니다. 봄
은 벌써 늦었습니다.
　봄이 오기 전에는 어서 오기를 바랐더니, 봄이 오고
보니 너무 일찍 왔나 두려합니다.

　철모르는 아이들은 뒷동산에 해당화가 피었다고, 다
투어 말하기로 듣고도 못 들은 체하였더니,
　야속한 봄바람은 나는 꽃을 불어서 경대 위에 놓입
니다그려.
　시름없이 꽃을 주워서 입술에 대이고, 「너는 언제
피었니.」 하고 물었습니다.
　꽃은 말도 없이 나의 눈물에 비쳐서, 둘도 되고 셋
도 됩니다.

복종

　남들은 자유를 사랑한다지마는, 나는 복종을 좋아하
여요.
　자유를 모르는 것은 아니지만, 당신에게는 복종만
하고 싶어요.
　복종하고 싶은데 복종하는 것은 아름다운 자유보다
도 달콤합니다, 그것이 나의 행복입니다.

　그러나 당신이 나더러 다른 사람을 복종하라면 그것
만은 복종할 수가 없습니다.
　다른 사람을 복종하려면, 당신에게 복종할 수가 없
는 까닭입니다.

참아주셔요

나는 당신을 이별하지 아니할 수가 없습니다. 님이
여, 나의 이별을 참아주셔요.
당신은 고개를 넘어갈 때에, 나를 돌아보지 마셔요.
나의 몸은 한 적은 모래 속으로 들어가려 합니다.

님이여, 이별을 참을 수가 없거든, 나의 죽음을 참
아주셔요.
나의 생명의 배는 부끄럼의 땀의 바다에서, 스스로
폭침(爆沈)하려 합니다. 님이여, 님의 입김으로 그것
을 불어서, 속히 잠기게 하여주셔요. 그러고 그것을
웃어주셔요.

님이여, 나의 죽음을 참을 수가 없거든, 나를 사랑
하지 말아주셔요. 그리하고 나로 하여금 당신을 사랑
할 수 없도록 하여주셔요.
나의 몸은 터럭 하나도 빼지 아니한 채로, 당신의
품에 사라지겠습니다.

님이여, 당신과 내가 사랑의 속에서, 하나가 되는 것을 참아주셔요. 그리하여 당신은 나를 사랑하지 말고, 나로 하여금 당신을 사랑할 수가 없도록 하여주셔요. 오오 님이여.

어느 것이 참이냐

엷은 사(紗)의 장막이 적은 바람에 휘둘려서 처녀의 꿈을 휩싸듯이, 자취도 없는 당신의 사랑은 나의 청춘을 휘감습니다.

발딱거리는 어린 피는 고요하고 맑은 천국의 음악에 춤을 추고 헐떡이는 적은 영(靈)은 소리없이 떨어지는 천화(天花)의 그늘에 잠이 듭니다.

가는 봄비가 드린 버들에 둘려서 푸른 연기가 되듯이, 끝도 없는 당신의 정(情)실이 나의 잠을 얽습니다.

바람을 따라가려는 짧은 꿈은 이불 안에서 몸부림치고, 강 건너 사람을 부르는 바쁜 잠꼬대는 목 안에서 그네를 뜁니다.

비낀 달빛이 이슬에 젖은 꽃수풀을 싸라기처럼 부시듯이 당신의 떠난 한(恨)은 드는 칼이 되어서, 나의 애를 도막도막 끊어놓았습니다.

　문밖의 시냇물은 물결을 보태려고, 나의 눈물을 받으면서 흐르지 않습니다.
　봄동산의 미친 바람은 꽃 떨어트리는 힘을 더하려고, 나의 한숨을 기다리고 섰습니다.

정천한해(情天恨海)

가을 하늘이 높다기로
정(情)하늘을 따를소냐.
봄 바다가 깊다기로
한(恨)바다만 못하리라.

높고 높은 정하늘이
싫은 것은 아니지만
손이 낮아서
오르지 못하고
깊고 깊은 한바다가
병될 것은 없지마는
다리가 짧아서
건너지 못한다.

손이 자라서 오를 수만 있으면
정하늘은 높을수록 아름답고,
다리가 길어서 건널 수만 있으면

한바다는 깊을수록 묘하니라.

만일 정하늘이 무너지고 한바다가 마른다면
차라리 정천(情天)에 떨어지고 한해(恨海)에 빠지
리라.
아아 정하늘이 높은 줄만 알았더니
님의 이마보다는 낮다.
아아 한바다가 깊은 줄만 알았더니
님의 무릎보다는 옅다.

손이야 낮든지 다리야 짜릅든지
정하늘에 오르고 한바다를 건너려면
님에게만 안기리라.

첫키스

마셔요 제발 마셔요
보면서 못 보는 체 마셔요
마셔요 제발 마셔요
입술을 다물고 눈으로 말하지 마셔요
마셔요 제발 마셔요
뜨거운 사랑에 웃으면서 차디찬 잔 부끄럼에 울지
마셔요
마셔요 제발 마셔요
세계의 꽃을 혼자 따면서 항분(亢奮)에 넘쳐서 떨
지 마셔요
마셔요 제발 마셔요
미소는 나의 운명의 가슴에서 춤을 춥니다. 새삼스
럽게 스스러워 마셔요

선사(禪師)의 설법(說法)

　나는 선사의 설법을 들었습니다.
　「너는 사랑의 쇠사슬에 묶여서 고통을 받지 말고, 사랑의 줄을 끊어라. 그러면 너의 마음이 즐거우리라.」고 선사는 큰소리로 말하였습니다.

　그 선사는 어지간히 어리석습니다.
　사랑의 줄에 묶이운 것이 아프기는 아프지만, 사랑의 줄을 끊으면 죽는 것보다도 더 아픈 줄을 모르는 말입니다.
　사랑의 속박은 단단히 얽어매는 것이 풀어주는 것입니다.
　그러므로 대해탈(大解脫)은 속박에서 얻는 것입니다.
　님이여, 나를 얽은 님의 사랑의 줄이 약할까봐서, 나의 님을 사랑하는 줄을 곱들였습니다.

금강산

만이천봉(萬二千峰)! 무양(無恙)하냐, 금강산아.
너는 너의 님이 어데서 무엇을 하는지 아느냐.
너의 님은 너 때문에 가슴에서 타오르는 불꽃에, 온
갖 종교, 철학, 명예, 재산, 그 외에도 있으면 있는 대
로 태워버리는 줄을 너는 모르리라.

너는 꽃에 붉은 것이 너냐.
너는 잎에 푸른 것이 너냐.
너는 단풍에 취한 것이 너냐.
너는 백설에 깨인 것이 너냐.

나는 너의 침묵을 잘 안다.
너는 철모르는 아이들에게 종작없는 찬미를 받으면
서, 시쁜 웃음을 참고 고요히 있는 줄을 나는 잘 안다.

그러나 너는 천당이나 지옥이나 하나만 가지고 있으
려무나.

꿈 없는 잠처럼 깨끗하고 단순하란 말이다.

나도 짧은 갈궁이로 강 건너의 꽃을 꺾는다고, 큰말
하는 미친 사람은 아니다. 그래서 침착하고 단순하려
고 한다.

나는 너의 입김에 불려오는 쪼각 구름에 키스한다.

만이천봉! 무양하냐, 금강산아.

너는 너의 님이 어데서 무엇을 하는지 모르지.

님의 얼굴

님의 얼굴을 「어여쁘다」고 하는 말은 적당한 말이 아닙니다.

어여쁘다는 말은 인간 사람의 얼굴에 대한 말이요, 님은 인간의 것이라고 할 수가 없을 만치 어여쁜 까닭입니다.

자연은 어찌하여 그렇게 어여쁜 님을 인간으로 보냈는지, 아무리 생각하여도 알 수가 없습니다.

알겠습니다. 자연의 가운데에는 님의 짝이 될 만한 무엇이 없는 까닭입니다.

님의 입술 같은 연꽃이 어데 있어요. 님의 살빛 같은 백옥이 어데 있어요.

봄 호수에서 님의 눈결 같은 잔물결을 보았습니까. 아침 볕에서 님의 미소 같은 방향(芳香)을 들었습니까.

천국의 음악은 님의 노래의 반향(反響)입니다. 아

름다운 별들은 님의 눈빛의 화현(化現)입니다.

아아 나는 님의 그림자여요.
님은 님의 그림자밖에는 비길 만한 것이 없습니다.
님의 얼굴을 어여쁘다고 하는 말은 적당한 말이 아
닙니다.

그를 보내며

    그는 간다, 그가 가고 싶어서 가는 것도 아니요, 내
가 보내고 싶어서 보내는 것도 아니지만, 그는 간다.
    그의 붉은 입술, 흰 이, 가는 눈썹이 어여쁜 줄만
알았더니, 구름 같은 뒷머리, 실버들 같은 허리, 구슬
같은 발꿈치가 보다도 아름답습니다.

    걸음이 걸음보다 멀어지더니, 보이려다 말고, 말려
다 보인다.
    사람이 멀어질수록 마음은 가까워지고, 마음이 가까
워질수록 사람은 멀어진다.
    보이는 듯한 것이 그의 흔드는 수건인가 하였더니,
갈매기보다도 적은 쪼각 구름이 난다.

심은 버들

뜰 앞에 버들을 심어
님의 말을 매렸더니
님은 가실 때에
버들을 꺾어 말 채찍을 하였습니다.

버들마다 채찍이 되어서
님을 따르는 나의 말도 채칠까 하였더니
남은 가지 천만사(千萬絲)는
해마다 해마다 보낸 한(恨)을 잡아맵니다.

낙원은 가시덤불에서

　죽은 줄 알았던 매화나무 가지에, 구슬 같은 꽃방울을 맺혀주는 쇠잔한 눈 위에, 가만히 오는 봄 기운은 아름답기도 합니다.
　그러나 그 밖에 다른 하늘에서 오는 알 수 없는 향기는, 모든 꽃의 죽음을 가지고 다니는 쇠잔한 눈이 주는 줄을 아십니까.

　구름은 가늘고 시냇물은 옅고 가을산은 비었는데, 파리한 바위 사이에 실컷 붉은 단풍은 곱기도 합니다.
　그러나 단풍은 노래도 부르고 울음도 웁니다. 그러한 「자연의 인생」은 가을 바람의 꿈을 따라 사라지고 기억에만 남아 있는, 지난 여름의 무르녹은 녹음이 주는 줄을 아십니까.

　일경초(一莖草)가 장육금신(丈六金身)이 되고, 장육금신이 일경초가 됩니다.
　천지는 한 보금자리요, 만유(萬有)는 같은 소조(小

鳥)입니다.

　나는 자연의 거울에 인생을 비춰보았습니다.

　고통의 가시덤불 뒤에, 환희의 낙원을 건설하기 위
하여 님을 떠난, 나는 아아 행복입니다.

참말인가요

　그것이 참말인가요, 님이여, 속임 없이 말씀하여주
셔요.
　당신을 나에게서 빼앗아간 사람들이 당신을 보고,
「그대는 님이 없다.」고 하였다지요.
　그래서 당신은 남모르는 곳에서 울다가, 남이 보면
울음을 웃음으로 변한다지요.
　사람의 우는 것은 견딜 수가 없는 것인데, 울기조차
마음대로 못 하고 웃음으로 변하는 것은 죽음의 맛보
다도 더 쓴 것입니다.
　그러면 나는 그것을 변명하지 않고는 견딜 수가 없
습니다.
　나의 생명의 꽃가지를 있는 대로 꺾어서, 화환을 만
들어 당신의 몸에 걸고, 「이것이 님의 님이라.」고 소
리쳐 말하겠습니다.

　그것이 참말인가요, 님이여, 속임 없이 말씀하여주
셔요.

당신을 나에게서 **빼앗아간** 사람들이 당신을 보고,
「그대의 님은 우리가 구하여준다.」고 하였다지요.

　　그래서 당신은, 「독신생활을 하겠다.」고 하였다지
요.

　　그러면 나는 그들에게 분풀이를 하지 않고는 견딜
수가 없습니다.

　　많지 않은 나의 피를 더운 눈물에 섞어서, 피에 목
마른 그들의 칼에 뿌리고, 「이것이 님의 님이라.」고
울음 섞어서 말하겠습니다.

꽃이 먼저 알아

옛 집을 떠나서 다른 시골에 봄을 만났습니다.
꿈은 이따금 봄바람을 따라서 아득한 옛 터에 이릅니다.
지팡이는 푸르고 푸른 풀빛에 묻혀서, 그림자와 서로 따릅니다.

길가에서 이름도 모르는 꽃을 보고서, 행여 근심을 잊을까 하고 앉았습니다.
꽃송이에는 아침 이슬이 아직 마르지 아니한가 하였더니, 아아 나의 눈물이 떨어진 줄이야 꽃이 먼저 알았습니다.

찬송(讚頌)

님이여, 당신은 백 번이나 단련한 금(金)결입니다.
뽕나무 뿌리가 산호가 되도록 천국의 사랑을 받읍소
서.
님이여, 사랑이여, 아침 볕의 첫걸음이여.

님이여, 당신은 의(義)가 무거웁고, 황금이 가벼운
것을 잘 아십니다.
거지의 거친 밭에 복의 씨를 뿌리옵소서
님이여, 사랑이여, 옛 오동의 숨은 소리여.

님이여, 당신은 봄과 광명과 평화를 좋아하십니다.
약자의 가슴에 눈물을 뿌리는 자비의 보살이 되옵소
서.
님이여. 사랑이여, 얼음바다에 봄바람이여.

논개(論介)의 애인이 되어서
그의 묘(廟)에

날과 밤으로 흐르고 흐르는 남강(南江)은 가지 않습니다.

바람과 비에 우두커니 섰는 촉석루는 살 같은 광음(光陰)을 따라서 달음질칩니다.

논개여, 나에게 울음과 웃음을 동시에 주는 사랑하는 논개여.

그대는 조선의 무덤 가운데 피었던 좋은 꽃의 하나이다. 그래서 그 향기는 썩지 않는다.

나는 시인으로 그대의 애인이 되었노라.

그대는 어데 있느뇨. 죽지 않은 그대가 이 세상에는 없고나.

나는 황금의 칼에 베혀진, 꽃과 같이 향기롭고 애처로운 그대의 당년(當年)을 회상한다.

술 향기에 목마친 고요한 노래는 옥(獄)에 묻힌 썩은 칼을 울렸다.

춤추는 소매를 안고 도는 무서운 찬바람은 귀신나라의 꽃수풀을 거쳐서 떨어지는 해를 얼렸다.

가냘픈 그대의 마음은 비록 침착하였지만, 떨리는 것보다도 더욱 무서웠다.

아름답고 무독(無毒)한 그대의 눈은 비록 웃었지만, 우는 것보다도 더욱 슬펐다.

붉은 듯하다가 푸르고 푸른 듯하다가 희어지며, 가늘게 떨리는 그대의 입술은 웃음의 조운(朝雲)이냐, 울음의 모우(暮雨)이냐, 새벽달의 비밀이냐, 이슬꽃의 상징이냐.

빠비 같은 그대의 손에 꺾이우지 못한 낙화대(落花臺)의 남은 꽃은 부끄럼에 취하여 얼굴이 붉었다.

옥 같은 그대의 발꿈치에 밟히운, 강언덕의 묵은 이끼는 교긍(驕矜)에 넘쳐서 푸른 사롱(紗籠)으로 자기의 제명(題名)을 가리었다.

아아 나는 그대도 없는 빈 무덤 같은 집을 그대의
집이라고 부릅니다.

　만일 이름뿐만이나마 그대의 집도 없으면, 그대의
이름을 불러볼 기회가 없는 까닭입니다.

　나는 꽃을 사랑합니다마는, 그대의 집에 피어 있는
꽃을 꺾을 수는 없습니다.

　그대의 집에 피어 있는 꽃을 꺾으려면, 나의 창자가
먼저 꺾어지는 까닭입니다.

　나는 꽃을 사랑합니다마는, 그대의 집에 꽃을 심을
수는 없습니다.

　그대의 집에 꽃을 심으려면, 나의 가슴에 가시가 먼
저 심어지는 까닭입니다.

　용서하여요, 논개여, 금석(金石) 같은 굳은 언약을
저버린 것은 그대가 아니요, 나입니다.

　용서하여요, 논개여, 쓸쓸하고 호젓한 잠자리에 외
로이 누워서, 끼친 한(恨)에 울고 있는 것은 내가 아니요, 그대입니다.

　나의 가슴에 「사랑」의 글자를 황금으로 새겨서, 그
대의 사당(祠堂)에 기념비를 세운들 그대에게 무슨
위로가 되오리까.

　나의 노래에 「눈물」의 곡조를 낙인으로 찍어서 그
대의 사당에 제종(祭鍾)을 울린대도 나에게 무슨 속
죄가 되오리까.

　나는 다만 그대의 유언대로, 그대에게 다하지 못한
사랑을 영원히 다른 여자에게 주지 아니할 뿐입니다.
그것은 그대의 얼굴과 같이 잊을 수가 없는 맹서입니
다.

　용서하여요, 논개여, 그대가 용서하면, 나의 죄는
신에게 참회를 아니한대도 사라지겠습니다.

　천추(千秋)에 죽지 않는 논개여.

　하루도 살 수 없는 논개여.

그대를 사랑하는 나의 마음이 얼마나 즐거우며, 얼마나 슬프겠는가.

나는 웃음이 겨워서 눈물이 되고, 눈물이 겨워서 웃음이 됩니다.

용서하여요, 사랑하는 오오 논개여.

사랑하는 까닭

내가 당신을 사랑하는 것은 까닭이 없는 것이 아닙
니다.
다른 사람들은 나의 홍안(紅顔)만을 사랑하지마는,
당신은 나의 백발(白髮)도 사랑하는 까닭입니다.

내가 당신을 기루어하는 것은 까닭이 없는 것이 아
닙니다.
다른 사람들은 나의 미소만을 사랑하지마는, 당신은
나의 눈물도 사랑하는 까닭입니다.

내가 당신을 기다리는 것은 까닭이 없는 것이 아닙
니다.
다른 사람들은 나의 건강만을 사랑하지마는, 당신은
나의 죽음도 사랑하는 까닭입니다.

당신의 편지

당신의 편지가 왔다기에, 꽃밭 매던 호미를 놓고 떼어보았습니다.

그 편지는 글씨는 가늘고 글줄은 많으나, 사연은 간단합니다.

만일 님이 쓰신 편지이면, 글은 짧을지라도 사연은 길 터인데.

당신의 편지가 왔다기에 바느질 그릇을 치워놓고 떼어보았습니다.

그 편지는 나에게 잘 있느냐고만 묻고, 언제 오신다는 말은 조금도 없습니다.

만일 님이 쓰신 편지이면 나의 일은 묻지 않더래도, 언제 오신다는 말을 먼저 썼을 터인데.

당신의 편지가 왔다기에, 약을 달이다 말고 떼어보았습니다.

그 편지는 당신의 주소는 다른 나라의 군함입니다.

만일 님이 쓰신 편지이면 남의 군함에 있는 것이 사실이라 할지라도, 편지에는 군함에서 떠났다고 하였을 터인데.

거짓 이별

　당신과 나와 이별한 때가 언제인지 아십니까.

　가령 우리가 좋을 대로 말하는 것과 같이, 거짓 이
별이라 할지라도 나의 입술이 당신의 입술에 닿지 못
하는 것은 사실입니다.

　이 거짓 이별은 언제나 우리에게서 떠날 것인가요.

　한 해 두 해 가는 것이 얼마 아니 된다고 할 수가
없습니다.

　시들어가는 두 볼의 도화(桃花)가 무정한 봄바람에
몇 번이나 스쳐서 낙화가 될까요.

　회색이 되어가는 두 귀 밑의 푸른 구름이, 쪼이는
가을 볕에 얼마나 바래서 백설(白雪)이 될까요.

　머리는 희어가도 마음은 붉어갑니다.

　피는 식어가도 눈물은 더워갑니다.

　사랑의 언덕엔 사태가 나도 희망의 바다엔 물결이
뛰놀아요.

　이른바 거짓 이별이 언제든지 우리에게서 떠날 줄만

은 알아요.

　그러나 한 손으로 이별을 가지고 가는 날은 또 한 손으로 죽음을 가지고 와요.

후회

당신이 계실 때에 알뜰한 사랑을 못 하였습니다.

사랑보다 믿음이 많고, 즐거움보다 조심이 더하였습
니다.

게다가 나의 성격이 냉담하고 더구나 가난에 쫓겨
서, 병들어 누운 당신에게 도리어 소활(疎闊)하였습
니다.

그러므로 당신이 가신 뒤에, 떠난 근심보다 뉘우치
는 눈물이 많습니다.

꿈이라면

사랑의 속박이 꿈이라면
출세(出世)의 해탈도 꿈입니다.
웃음과 눈물이 꿈이라면
무심(無心)의 광명도 꿈입니다.
일체 만법(一切萬法)이 꿈이라면
사랑의 꿈에서 불멸(不滅)을 얻겠습니다.

잠꼬대

「사랑이라는 것은 다 무엇이냐, 진정한 사람에게는 눈물도 없고 웃음도 없는 것이다.

사랑의 뒤웅박을 발길로 차서 깨트려 버리고, 눈물과 웃음을 티끌 속에 합장(合葬)을 하여라.

이지(理智)와 감정(感情)을 두드려 깨쳐서 가루를 만들어 버려라.

그러고 허무의 절정에 올라가서 어지럽게 춤추고 미치게 노래하여라.

그러고 애인과 악마를 똑같이 술을 먹여라.

그러고 천치가 되든지 미치광이가 되든지 산 송장이 되든지 하여 버려라.

그래 너는 죽어도 사랑이라는 것은 버릴 수가 없단 말이냐.

그렇거든 사랑의 꽁무니에 도롱태를 달아라.

그래서 네 멋대로 끌고 돌아다니다가, 쉬고 싶으거든 쉬고, 자고 싶으거든 자고, 살고 싶으거든 살고,

104

죽고 싶으거든 죽어라.

　사랑의 발바닥에 말목을 쳐놓고, 붙들고 서서 엉엉
우는 것은 우스운 일이다.

　이 세상에는 이마빡에다 「님」이라고 새기고 다니는
사람은 하나도 없다.

　연애는 절대 자유요, 정조는 유동(流動)이요, 결혼
식장은 임간(林間)이다.」

　나는 잠결에 큰소리로 이렇게 부르짖었다.

　아아 혹성(惑星)같이 빛나는 님의 미소는 흑암(黑
闇)의 광선에서 채 사라지지 아니하였습니다.

　잠의 나라에서 몸부림치던 사랑의 눈물은 어느덧 베
개를 적셨습니다.

　용서하셔요, 님이여, 아무리 잠이 지은 허물이라도,
님이 벌을 주신다면, 그 벌을 잠을 주기는 싫습니다.

달을 보며

달은 밝고 당신이 하도 기루었습니다.
자던 옷을 고쳐 입고, 뜰에 나와 퍼지르고 앉아서,
달을 한참 보았습니다.

달은 차차차 당신의 얼굴이 되더니 넓은 이마, 둥근
코, 아름다운 수염이 역력히 보입니다.
간 해에는 당신의 얼굴이 달로 보이더니, 오늘 밤에
는 달이 당신의 얼굴이 됩니다.

당신의 얼굴이 달이기에 나의 얼굴도 달이 되었습니
다.
나의 얼굴은 그믐달이 된 줄을 당신이 아십니까.
아아 당신의 얼굴이 달이기에 나의 얼굴도 달이 되
었습니다.

인과율(因果律)

　당신은 옛 맹서를 깨치고 가십니다.

　당신의 맹서는 얼마나 참되었습니까. 그 맹서를 깨
치고 가는 이별은 믿을 수가 없습니다.

　참 맹서를 깨치고 가는 이별은 옛 맹서로 돌아올 줄
을 압니다. 그것은 엄숙한 인과율입니다.

　나는 당신과 떠날 때에 입맞춘 입술이 마르기 전에,
당신이 돌아와서 다시 입맞추기를 기다립니다.

　그러나 당신의 가시는 것은 옛 맹서를 깨치려는 고
의가 아닌 줄을 나는 압니다.

　비겨 당신이 지금의 이별을 영원히 깨치지 않는다
하여도, 당신의 최후의 접촉을 받은 나의 입술을 다른
남자의 입술에 대일 수는 없습니다.

계월향(桂月香)에게

   계월향이여, 그대는 아리따웁고 무서운 최후의 미소를 거두지 아니한 채로 대지의 침대에 잠들었습니다.
   나는 그대의 다정(多情)을 슬퍼하고, 그대의 무정(無情)을 사랑합니다.

   대동강에 낚시질하는 사람은 그대의 노래를 듣고, 모란봉에 밤놀이하는 사람은 그대의 얼굴을 봅니다.
   아이들은 그대의 산 이름을 외우고, 시인은 그대의 죽은 그림자를 노래합니다.

   사람은 반드시 다하지 못한 한(恨)을 끼치고 가게 되는 것이다.
   그대는 남은 한(恨)이 있는가 없는가, 있다면 그 한(恨)은 무엇인가.
   그대는 하고 싶은 말을 하지 않습니다.

   그대의 붉은 한(恨)은 현란(絢爛)한 저녁놀이 되

어서, 하늘길을 가로막고 황량한 떨어지는 날을 돌이 키고자 합니다.

그대의 푸른 근심은 드리고 드린 버들실이 되어서, 꽃다운 무리를 뒤에 두고 운명의 길을 떠나는 저문 봄을 잡아매려 합니다.

나는 황금의 소반에 아침 볕을 받치고 매화가지에 새봄을 걸어서, 그대의 잠자는 곁에 가만히 놓아드리 겠습니다.

자 그러면 속하면 하룻밤, 더디면 한겨울, 사랑하는 계월향이여.

만족

세상에 만족이 있느냐, 인생에게 만족이 있느냐.
있다면 나에게도 있으리라.

세상에 만족이 있기는 있지마는, 사람의 앞에만 있
다.
거리는 사람의 팔길이와 같고, 속력은 사람의 걸음
과 비례가 된다.
만족은 잡을래야 잡을 수도 없고, 버릴래야 버릴 수
도 없다.

만족을 얻고 보면 얻은 것은 불만족이요, 만족은 의
연히 앞에 있다.
만족은 우자(愚者)나 성자(聖者)의 주관적 소유가
아니면, 약자의 기대뿐이다.
만족은 언제든지 인생과 견적(堅的) 평행(平行)이
다.
나는 차라리 발꿈치를 돌려서 만족의 묵은 자취를

밟을까 하노라.

  아아 나는 만족을 얻었노라.
  아지랑이 같은 꿈과 금(金)실 같은 환상이 님 계신
꽃동산에 둘릴 때에, 아아 나는 만족을 얻었노라.

눈물

　내가 본 사람 가운데는, 눈물을 진주라고 하는 사람처럼 미친 사람은 없습니다.

　그 사람은 피를 홍보석(紅寶石)이라고 하는 사람보다도, 더 미친 사람입니다.

　그것은 연애에 실패하고 흑암(黑闇)의 기로에서 헤매는 늙은 처녀가 아니면, 신경이 기형적으로 된 시인의 말입니다.

　만일 눈물이 진주라면 님이 신물(信物)로 주신 반지를 내놓고는, 세상의 진주라는 진주는 다 티끌 속에 묻어 버리겠습니다.

　나는 눈물로 장식한 옥패(玉珮)를 보지 못하였습니다.

　나는 평화의 잔치에 눈물의 술을 마시는 것을 보지 못하였습니다.

　내가 본 사람 가운데는, 눈물을 진주라고 하는 사람처럼 어리석은 사람은 없습니다.

아니어요, 님의 주신 눈물은 진주 눈물이어요.

나는 나의 그림자가 나의 몸을 떠날 때까지, 님을 위하여 진주 눈물을 흘리겠습니다.

아아 나는 날마다 날마다 눈물의 선경(仙境)에서 한숨의 옥적(玉笛)을 듣습니다.

나의 눈물은 백천(百千) 줄기라도, 방울방울이 창조입니다.

눈물의 구슬이여, 한숨의 봄바람이여, 사랑의 성전(聖殿)을 장엄하는 무등등(無等等)의 보물이여.

아아 언제나 공간과 시간을 눈물로 채워서 사랑의 세계를 완성할까요.

반비례

　당신의 소리는 「침묵」인가요.
　당신이 노래를 부르지 아니하는 때에 당신의 노랫가
락은 역력히 들립니다그려.
　당신의 소리는 침묵이어요.

　당신의 얼굴은 「흑암(黑闇)」인가요.
　내가 눈을 감은 때에, 당신의 얼굴은 분명히 보입니
다그려.
　당신의 얼굴은 흑암이어요.

　당신의 그림자는 「광명」인가요.
　당신의 그림자는 달이 넘어간 뒤에, 어두운 창에 비
칩니다그려.
　당신의 그림자는 광명이어요.

어데라도

아침에 일어나서 세수하려고 대야에 물을 떠다 놓으면, 당신은 대야 안의 가는 물결이 되어서, 나의 얼굴 그림자를 불쌍한 아기처럼 얼러줍니다.

근심을 잊을까 하고 꽃동산에 거닐 때에, 당신은 꽃 사이를 스쳐오는 봄바람이 되어서, 시름없는 나의 마음에 꽃향기를 묻혀주고 갑니다.

당신을 기다리다 못하여 잠자리에 누웠더니, 당신은 고요한 어둔 빛이 되어서, 나의 잔 부끄럼을 살뜰히도 덮어줍니다.

어데라도 눈에 보이는 데마다 당신이 계시기에, 눈을 감고 구름 위와 바다 밑을 찾아보았습니다.

당신은 미소가 되어서 나의 마음에 숨었다가, 나의 감은 눈에 입맞추고 「네가 나를 보느냐.」고 조롱합니다.

최초의 님

맨 첨에 만난 님과 님은 누구이며 어느 때인가요.
맨 첨에 이별한 님과 님은 누구이며 어느 때인가요.
맨 첨에 만난 님과 님이 맨 첨으로 이별하였습니까,
다른 님과 님이 맨 첨으로 이별하였습니까.

나는 맨 첨에 만난 님과 님이 맨 첨으로 이별한 줄
로 압니다.
만나고 이별이 없는 것은 님이 아니라 나입니다.
이별하고 만나지 않는 것은 님이 아니라 길 가는 사
람입니다.
우리들은 님에 대하여 만날 때에 이별을 염려하고,
이별할 때에 만남을 기약합니다.
그것은 맨 첨에 만난 님과 님이 다시 이별한 유전성
의 흔적입니다.

그러므로 만나지 않는 것도 님이 아니요, 이별이 없
는 것도 님이 아닙니다.

님은 만날 때에 웃음을 주고, 떠날 때에 눈물을 줍니다.

만날 때의 웃음보다 떠날 때의 눈물이 좋고, 떠날 때의 눈물보다 다시 만나는 웃음이 좋습니다.

아아 님이여, 우리의 다시 만나는 웃음은 어느 때에 있습니까.

떠날 때의 님의 얼굴

꽃은 떨어지는 향기가 아름답습니다.
해는 지는 빛이 곱습니다.
노래는 목마친 가락이 묘합니다.
님은 떠날 때의 얼굴이 더욱 어여쁩니다.

떠나신 뒤에 나의 환상의 눈에 비치는 님의 얼굴은
눈물이 없는 눈으로는 바라볼 수가 없을 만치 어여쁠
것입니다.
님의 떠날 때의 어여쁜 얼굴을 나의 눈에 새기겠습
니다.
님의 얼굴은 나를 울리기에는 너무도 야속한 듯하지
마는, 님을 사랑하기 위하여는 나의 마음을 즐거웁게
할 수가 없습니다.
만일 그 어여쁜 얼굴이 영원히 나의 눈을 떠난다면,
그때의 슬픔은 우는 것보다도 아프겠습니다.

두견새

두견새는 실컷 운다.
울다가 못다 울면
피를 흘려 운다.

이별한 한(恨)이야 너뿐이랴마는
울래야 울지도 못하는 나는
두견새 못 된 한(恨)을 또다시 어찌하리.

야속한 두견새는
돌아갈 곳도 없는 나를 보고도
「불여귀 불여귀(不如歸 不如歸)」

타고르의 시(GARDENISTO)를 읽고

벗이여, 나의 벗이여, 애인의 무덤 위의 피어 있는 꽃처럼 나를 울리는 벗이여.

적은 새의 자취도 없는 사막의 밤에, 문득 만난 님처럼 나를 기쁘게 하는 벗이여.

그대는 옛 무덤을 깨치고 하늘까지 사모치는 백골의 향기입니다.

그대는 화환을 만들려고 떨어진 꽃을 줍다가, 다른 가지에 걸려서 주운 꽃을 헤치고 부르는 절망인 희망의 노래입니다.

벗이여, 깨어진 사랑에 우는 벗이여.

눈물이 능히 떨어진 꽃을 옛 가지에 도로 피게 할 수는 없습니다.

눈물을 떨어진 꽃에 뿌리지 말고, 꽃나무 밑의 티끌에 뿌리셔요.

벗이여, 나의 벗이여.

죽음의 향기가 아무리 좋다 하여도, 백골의 입술에 입맞출 수는 없습니다.

그의 무덤을 황금의 노래로 그물치지 마셔요. 무덤 위에 피 묻은 깃대를 세우셔요.

그러나 죽은 대지가 시인의 노래를 거쳐서 움직이는 것을 봄바람은 말합니다.

벗이여 부끄럽습니다. 나는 그대의 노래를 들을 때에, 어떻게 부끄럽고 떨리는지 모르겠습니다.

그것은 내가 나의 님을 떠나서, 홀로 그 노래를 듣는 까닭입니다.

나의 꿈

당신이 맑은 새벽에 나무 그늘 사이에서 산보할 때에, 나의 꿈은 적은 별이 되어서 당신의 머리 위에 지키고 있었습니다.

당신이 여름날에 더위를 못 이기어 낮잠을 자거든, 나의 꿈은 맑은 바람이 되어서 당신의 주위에 떠돌겠습니다.

당신이 고요한 가을밤에 그윽히 앉아서 글을 볼 때에, 나의 꿈은 귀뚜라미가 되어서 책상 밑에서 「귀똘 귀똘」 울겠습니다.

우는 때

꽃핀 아침, 달밝은 저녁, 비오는 밤, 그때가 가장 님 그리운 때라고 남들은 말합니다.

나도 같은 고요한 때로는, 그때에 많이 울었습니다.

그러나 나는 여러 사람이 모여서 말하고 노는 때에, 더 울게 됩니다.

님 있는 여러 사람들은 나를 위로하여 좋은 말을 합니다마는, 나는 그들의 위로하는 말을 조소로 듣습니다.

그때에는 울음을 삼켜서, 눈물을 속으로 창자를 향하여 흘립니다.

수(繡)의 비밀

나는 당신의 옷을 다 지어놓았습니다.
심의도 짓고 도포도 짓고, 자리옷도 지었습니다.
짓지 아니한 것은 적은 주머니에 수놓는 것뿐입니다.

그 주머니는 나의 손때가 많이 묻었습니다.
짓다가 놓아두고 짓다가 놓아두고 한 까닭입니다.
다른 사람들은 나의 바느질 솜씨가 없는 줄로 알지마는, 그러한 비밀은 나밖에는 아는 사람이 없습니다.
나의 마음이 아프고 쓰린 때에 주머니에 수를 놓으려면, 나의 마음은 수놓는 금실을 따라서 바늘구멍으로 들어가고, 주머니 속에서 맑은 노래가 나와서, 나의 마음이 됩니다.
그러고 아직 이 세상에는, 그 주머니에 널 만한 무슨 보물이 없습니다.
이 적은 주머니는 짓기 싫어서 짓지 못하는 것이 아니라, 짓고 싶어서 다 짓지 않는 것입니다.

버리지 아니하면

나는 잠자리에 누워서 자다가 깨고 깨다가 잘 때에, 외로운 등잔불은 각근(恪勤)한 파수꾼처럼 온밤을 지킵니다.

당신이 나를 버리지 아니하면, 나는 일생의 등잔불이 되어서, 당신의 백년을 지키겠습니다.

나는 책상 앞에 앉아서 여러 가지 글을 볼 때에, 내가 요구만 하면, 글은 좋은 이야기도 하고, 맑은 노래도 부르고, 엄숙한 교훈도 줍니다.

당신이 나를 버리지 아니하면, 나는 복종의 백과전서가 되어서, 당신의 요구를 순응하겠습니다.

나는 거울을 대하여 당신의 키스를 기다리는 입술을 볼 때에, 속임 없는 거울은 내가 웃으면 거울도 웃고, 내가 찡그리면 거울도 찡그립니다.

당신이 나를 버리지 아니하면, 나는 마음의 거울이 되어서, 속임 없이 당신의 고락을 같이하겠습니다.

사랑의 불

산천초목에 붙는 불은 수인씨(燧人氏)가 내셨습니다.

청춘의 음악에 무도하는 나의 가슴을 태우는 불은 가는 님이 내셨습니다.

촉석루를 안고 돌며, 푸른 물결의 그윽한 품에, 논개(論介)의 청춘을 잠재우는 남강(南江)의 흐르는 물아.

모란봉의 키스를 받고 계월향(桂月香)의 무정(無情)을 저주하면서 능라도를 감돌아 흐르는 실연자(失戀者)인 대동강아.

그대들의 권위로도 애태우는 불은 끄지 못할 줄을 번연히 아지마는, 입버릇으로 불러보았다.

만일 그대네가 쓰리고 아픈 슬픔으로 졸이다가, 폭발되는 가슴 가운데의 불을 끌 수가 있다면, 그대늘이 님 그리운 사람을 위하여 노래를 부를 때에, 이따금, 이따금 목이 메어 소리를 이루지 못함은 무슨 까닭인가.

남들이 볼 수 없는 그대네의 가슴속에도, 애태우는 불꽃이 거꾸로 타들어가는 것을 나는 본다.

오오 님의 정열의 눈물과 나의 감격의 눈물이 마주 다서 합류가 되는 때에, 그 눈물의 첫방울로 나의 가슴의 불을 끄고, 그 다음 방울을 그대네의 가슴에 뿌려주리라.

「사랑」을 사랑하여요

당신의 얼굴은 봄 하늘의 고요한 별이어요.

그러나 찢어진 구름 사이로 돋아오는, 반달 같은 얼굴이 없는 것이 아닙니다.

만일 어여쁜 얼굴만을 사랑한다면, 왜 나의 베갯모에 달을 수놓지 않고 별을 수놓아요.

당신의 마음은 티없는 숫옥(玉)이어요. 그러나 곱기도 밝기도 굳기도, 보석 같은 마음이 없는 것이 아닙니다.

만일 아름다운 마음만을 사랑한다면, 왜 나의 반지를 보석으로 아니하고, 옥으로 만들어요.

당신의 시(詩)는 봄비에 새로 눈트는 금결 같은 버들이어요.

그러나 기름 같은 바다에 피어오르는, 백합꽃 같은 시가 없는 것이 아닙니다.

만일 좋은 문장만을 사랑한다면, 왜 내가 꽃을 노래

하지 않고, 버들을 찬미하여요.

　온 세상 사람이 나를 사랑하지 아니할 때에, 당신만
이 나를 사랑하였습니다.
　나는 당신을 사랑하여요. 나는 당신의 「사랑」을 사
랑하여요.

당신 가신 때

당신이 가실 때에 나는 다른 시골에 병들어 누워서 이별의 키스도 못 하였습니다.

그때는 가을 바람이 첨으로 나서 단풍이 한 가지에 두서너 잎이 붉었습니다.

나는 영원의 시간에서 당신 가신 때를 끊어내겠습니다. 그러면 시간은 두 도막이 납니다.

시간의 한 끝은 당신이 가지고, 한 끝은 내가 가졌다가 당신의 손과 나의 손과 마주잡을 때에 가만히 이어놓겠습니다.

그러면 붓대를 잡고 남의 불행한 일만을 쓰려고 기다리는 사람들도 당신의 가신 때는 쓰지 못할 것입니다.

나는 영원의 시간에서 당신 가신 때를 끊어내겠습니다.

여름밤이 길어요

　당신이 계실 때에는 겨울밤이 짜릅더니, 당신이 가
신 뒤에는 여름밤이 길어요.
　책력의 내용이 그릇되었나 하였더니, 개똥불이 흐르
고 벌레가 웁니다.
　긴 밤은 어데서 오고, 어데로 가는 줄을 분명히 알
았습니다.
　긴 밤은 근심 바다의 첫 물결에서 나와서, 슬픈 음
악이 되고 아득한 사막이 되더니, 필경 절망의 성(城)
너머로 가서, 악마의 웃음 속으로 들어갑니다.

　그러나 당신이 오시면, 나는 사랑의 칼을 가지고 긴
밤을 베어서, 일천 도막을 내겠습니다.
　당신이 계실 때는 겨울밤이 짜릅더니, 당신이 가신
뒤는 여름밤이 길어요.

요술

　가을 홍수가, 적은 시내의 쌓인 낙엽을 휩쓸어가듯
이, 당신은 나의 환락의 마음을 빼앗아갔습니다. 나에
게 남은 마음은 고통뿐입니다.

　그러나 나는 당신을 원망할 수는 없습니다. 당신이
가기 전에는 나의 고통의 마음을 빼앗아간 까닭입니
다.

　만일 당신이 환락의 마음과 고통의 마음을 동시에
빼앗아간다 하면, 나에게는 아무 마음도 없겠습니다.

　나는 하늘의 별이 되어서, 구름의 면사(面紗)로 낯
을 가리고 숨어 있겠습니다.

　나는 바다의 진주가 되었다가, 당신의 구두에 단추
가 되겠습니다.

　당신이 만일 별과 진주를 따서 게다가 마음을 넣서,
다시 당신의 님을 만든다면, 그때에는 환락의 마음을
넣주셔요.

　부득이 고통의 마음도 넣야 하겠거든, 당신의 고통

을 빼어다가 넣주셔요.

　그리고 마음을 빼앗아가는 요술은 나에게는 가르쳐 주지 마셔요.

　그러면 지금의 이별이 사랑의 최후는 아닙니다.

당신의 마음

나는 당신의 눈썹이 검고, 귀가 갸름한 것도 보았습니다.

그러나 당신의 마음을 보지 못하였습니다.

당신이 사과를 따서 나를 주려고, 크고 붉은 사과를 따로 쌀 때에, 당신의 마음이 그 사과 속으로 들어가는 것을 분명히 보았습니다.

나는 당신의 둥근 배와 잔나비 같은 허리와를 보았습니다.

그러나 당신의 마음을 보지 못하였습니다.

당신이 나의 사진과 어떤 여자의 사진을 같이 들고 볼 때에, 당신의 마음이 두 사진의 사이에서 초록빛이 되는 것을 분명히 보았습니다.

나는 당신의 발톱이 희고, 발꿈치가 둥근 것도 보았습니다.

그러나 당신의 마음을 보지 못하였습니다.

당신이 떠나시려고, 나의 큰 보석반지를 주머니에

넣을 때에, 당신의 마음이 보석반지 너머로 얼굴을 가리고 숨는 것을 분명히 보았습니다.

명상

아득한 명상의 적은 배는 가이없이 출렁거리는 달빛의 물결에 표류되어 멀고 먼 별나라를 넘고 또 넘어서, 이름도 모르는 나라에 이르렀습니다.

이 나라에는 어린아기의 미소와 봄 아침과 바다 소리가 합하여 사람이 되었습니다.

이 나라 사람은 옥새(玉璽)의 귀한 줄도 모르고, 황금을 밟고 다니고, 미인의 청춘을 사랑할 줄도 모릅니다.

이 나라 사람은 웃음을 좋아하고, 푸른 하늘을 좋아합니다.

명상의 배를 이 나라의 궁전에 매었더니, 이 나라 사람들은 나의 손을 잡고 같이 살자고 합니다.

그러나 나는 님이 오시면, 그의 가슴에 천국을 꾸미려고 돌아왔습니다.

달빛의 물결은 흰 구슬을 머리에 이고, 춤추는 어린 풀의 장단을 맞추어 우줄거립니다.

생의 예술

　모르는 결에 쉬어지는 한숨은 봄바람이 되어서, 야
윈 얼굴을 비치는 거울에 이슬꽃을 핍니다.
　나의 주위에는 화기(和氣)라고는 한숨의 봄바람밖
에는 아무 것도 없습니다.
　하염없이 흐르는 눈물은 수정이 되어서, 깨끗한 슬
픔의 성경(聖境)을 비춥니다.
　나는 눈물의 수정이 아니면, 이 세상에 보물이라고
는 하나도 없습니다.

　한숨의 봄바람과 눈물의 수정은, 떠난 님을 그리워
하는 정의 추수입니다.
　저리고 쓰린 슬픔은 힘이 되고 열이 되어서, 어린
양과 같은 적은 목숨을 살아 움직이게 합니다.
　님이 주시는 한숨과 눈물은 아름다운 생의 예술입니
다.

칠석(七夕)

「차라리 님이 없이 스스로 님이 되고 살지언정, 하늘 위의 직녀성은 되지 않겠어요, 네 네.」 나는 언제인지 님의 눈을 쳐다보며, 조금 아양스런 소리로 이렇게 말하였습니다.

이 말은 견우의 님을 그리우는 직녀가 일년에 한 번씩 만나는 칠석을 어찌 기다리나 하는, 동정의 저주였습니다.

이 말에는 나는 모란꽃에 취한 나비처럼, 일생을 님의 키스에 바쁘게 지나겠다는, 교만한 맹서가 숨어 있습니다.

아아 알 수 없는 것은 운명이요, 지키기 어려운 것은 맹서입니다.

나의 머리가 당신의 팔 위에 도리질을 한 지가, 칠석을 열 번이나 지나고 또 몇 번을 지내었습니다.

그러나 그들은 나를 용서하고 불쌍히 여길 뿐이요,

무슨 복수적 저주를 아니하였습니다.

그들은 밤마다 밤마다 은하수를 사이에 두고, 마주
건너다보며 이야기하고 놉니다.

그들은 해쭉해쭉 웃는 은하수의 강안(江岸)에서,
물을 한 줌씩 쥐어서 서로 던지고 다시 뉘우쳐합니다.

그들은 물에다 발을 잠그고 반비식이 누워서, 서로
안 보는 체하고 무슨 노래를 부릅니다.

그들은 갈잎으로 배를 만들고, 그 배에다 무슨 글을
써서 물에 띄우고 입김으로 불어서 서로 보냅니다. 그
러고 서로 글을 보고, 이해하지 못하는 것처럼 잠자코
있습니다.

그들은 돌아갈 때에는 서로 보고 웃기만 하고 아무
말도 아니합니다.

지금은 칠월 칠석(七月七夕)날 밤입니다.

그들은 난초 실로 주름을 접은 연꽃의 윗옷을 입었습니다.

그들은 한 구슬에 일곱 빛 나는 계수나무 열매의 노리개를 찼습니다.

키스의 술에 취할 것을 상상하는 그들의 뺨은, 먼저 기쁨을 못 이기는 자기의 열정에 취하여, 반이나 붉었습니다.

그들은 오작교를 건너갈 때에 걸음을 멈추고 윗옷의 뒷자락을 검사합니다.

그들은 오작교를 건너서 서로 포옹하는 동안에, 눈물과 웃음이 순서를 잃더니, 다시금 공경하는 얼굴을 보입니다.

아아 알 수 없는 것은 운명이요, 지키기 어려운 것은 맹서입니다.

나는 그들의 사랑이 표현인 것을 보았습니다.

진정한 사랑은 표현할 수가 없습니다.

그들은 나의 사랑을 볼 수는 없습니다.

사랑의 신성(神聖)은 표현에 있지 않고 비밀에 있습니다.

그들이 나를 하늘로 오라고 손짓을 한대도, 나는 가지 않겠습니다.

지금은 칠월 칠석날 밤입니다.

꽃싸움

　당신은 두견화를 심으실 때에, 「꽃이 피거든 꽃싸움하자.」고 나에게 말하였습니다.
　꽃은 피어서 시들어가는데, 당신은 옛 맹서를 잊으시고 아니 오십니까.

　나는 한 손에 붉은 꽃수염을 가지고 한 손에 흰 꽃수염을 가지고, 꽃싸움을 하여서 이기는 것은 당신이라 하고, 지는 것은 내가 됩니다.
　그러나 정말로 당신을 만나서 꽃싸움을 하게 되면, 나는 붉은 꽃수염을 가지고 당신은 흰 꽃수염을 가지게 합니다.
　그러면 당신은 나에게 번번이 지십니다.
　그것은 내가 이기기를 좋아하는 것이 아니라, 당신이 나에게 지기를 기뻐하는 까닭입니다.
　번번이 이긴 나는 당신에게 우승의 상을 달라고 조르겠습니다.

그러면 당신은 빙긋이 웃으며, 나의 뺨에 입맞추었습니다.

꽃은 피어서 시들어가는데, 당신은 옛 맹서를 잊으시고 아니 오십니까.

거문고 탈 때

달 아래에서 거문고를 타기는 근심을 잊을까 함이러니, 춤 곡조가 끝나기 전에 눈물이 앞을 가려서, 밤은 바다가 되고 거문고줄은 무지개가 됩니다.

거문고 소리가 높았다가 가늘고 가늘다가 높을 때에, 당신은 거문고줄에서 그네를 뜁니다.

마지막 소리가 바람을 따라서 느티나무 그늘로 사라질 때에, 당신은 나를 힘없이 보면서 아득한 눈을 감습니다.

아아 당신은 사라지는 거문고 소리를 따라서 아득한 눈을 감습니다.

사랑의 끝판

네 네 가요, 지금 곧 가요.

에그 등불을 켜려다가 초를 거꾸로 꽂았습니다그려.
저를 어쩌나, 저 사람들이 숭보겠네.

님이여, 나는 이렇게 바쁩니다. 님은 나를 게으르다
고 꾸짖습니다. 에그 저것 좀 보아, 「바쁜 것이 게으
른 것이다.」하시네.

내가 님의 꾸지람을 듣기로 무엇이 싫겠습니까. 다
만 님의 거문고줄이 완급(緩急)을 잃을까 저어합니
다.

님이여, 하늘도 없는 바다를 거쳐서, 느릅나무 그늘
을 지어 버리는 것은 달빛이 아니라 새는 빛입니다.

해를 탄 닭은 날개를 움직입니다.

마구에 매인 말은 굽을 칩니다.

네 네 가요, 이제 곧 가요.

쾌락

님이여, 당신은 나를 당신 계신 때처럼 잘 있는 줄
로 아십니까.
　그러면 당신은 나를 아신다고 할 수가 없습니다.

　당신이 나를 두고 멀리 가신 뒤로는, 나는 기쁨이라
고는 달도 없는 가을 하늘에 외기러기의 발자취만치도
없습니다.

　거울을 볼 때에 절로 오던 웃음도 오지 않습니다.
　꽃나무를 심으고 물 주고 북돋우던 일도 아니합니
다.
　고요한 달 그림자가 소리없이 걸어와서, 엷은 창에
소근거리는 소리도 듣기 싫습니다.

　가물고 더운 여름 하늘에 소낙비가 지나간 뒤에, 산
모롱이의 적은 숲에서 나는 서늘한 맛도 달지 않습니
다.

동무도 없고 노리개도 없습니다.

나는 당신 가신 뒤에, 이 세상에서 얻기 어려운 쾌
락이 있습니다.
그것은 다른 것이 아니라, 이따금 실컷 우는 것입니
다.

오셔요

오셔요, 당신은 오실 때가 되었어요. 어서 오셔요.
당신은 당신의 오실 때가 언제인지 아십니까, 당신
의 오실 때는 나의 기다리는 때입니다.

당신은 나의 꽃밭에로 오셔요, 나의 꽃밭에는 꽃들
이 피어 있습니다.
만일 당신을 쫓아오는 사람이 있으면, 당신은 꽃 속
으로 들어가서 숨으십시오.
나는 나비가 되어서 당신 숨은 꽃 위에 가서 앉겠습
니다.
그러면 쫓아오는 사람이 당신을 찾을 수는 없습니
다.
오셔요, 당신은 오실 때가 되었습니다. 어서 오셔
요.

당신은 나의 품에로 오셔요, 나의 품에는 보드러운

가슴이 있습니다.

만일 당신을 쫓아오는 사람이 있으면, 당신은 머리를 숙여서 나의 가슴에 대입시오.

나의 가슴은 당신이 만질 때에는 물같이 보드러웁지마는, 당신의 위험을 위하여는 황금의 칼도 되고, 강철의 방패도 됩니다.

나의 가슴은 말굽에 밟힌 낙화(落花)가 될지언정, 당신의 머리가 나의 가슴에서 떨어질 수는 없습니다.

그러면 쫓아오는 사람이 당신에게 손을 대일 수는 없습니다.

오셔요, 당신은 오실 때가 되었습니다. 어서 오셔요.

당신은 나의 죽음 속으로 오셔요, 죽음은 당신을 위하여의 준비가 언제든지 되어 있습니다.

만일 당신을 쫓아오는 사람이 있으면, 당신은 나의

죽음의 뒤에 서십시오.

죽음은 허무와 만능이 하나입니다.

죽음의 사랑은 무한인 동시에 무궁입니다.

죽음의 앞에는 군함과 포대가 티끌이 됩니다.

죽음의 앞에는 강자와 약자가 벗이 됩니다.

그러면 쫓아오는 사람이 당신을 잡을 수는 없습니다.

오셔요, 당신은 오실 때가 되었습니다. 어서 오셔요.

고대(苦待)

　당신은 나로 하여금 날마다 날마다 당신을 기다리게 합니다.

　해가 저물어 산 그림자가 촌 집을 덮을 때에 나는 기약 없는 기대를 가지고 마을 숲 밖에 가서 기다리고 있습니다.

　소를 몰고 오는 아이들의 풀잎피리는 제 소리에 목마칩니다.

　먼 나무로 돌아가는 새들은 저녁 연기에 헤엄칩니다.

　숲들은 바람과의 유희를 그치고 잠잠히 섰습니다. 그것은 나에게 동정하는 표상입니다.

　시내를 따라 굽이친 모랫길이 어둠의 품에 안겨서 잠들 때에, 나는 고요하고 아득한 하늘에 긴 한숨의 사라진 자취를 남기고, 게으른 걸음으로 돌아옵니다.

　당신은 나로 하여금 날마다 날마다 당신을 기다리게 합니다.

어둠의 입이 황혼의 엷은 빛을 삼킬 때에, 나는 시름없이 문밖에 서서 당신을 기다립니다.

다시 오는 별들은 고운 눈으로 반가운 표정을 빛내면서, 머리를 조아 다투어 인사합니다.

풀 사이의 벌레들은 이상한 노래로, 백주(白晝)의 모든 생명의 전쟁을 쉬게 하는 평화의 밤을 공양합니다.

네모진 적은 못의 연잎 위에 발자취 소리를 내는 실없는 바람이 나를 조롱할 때에 나는 아득한 생각이 날카로운 원망으로 화(化)합니다.

당신은 나로 하여금 날마다 날마다 당신을 기다리게 합니다.

일정한 보조로 걸어가는 사정(私情)없는 시간이, 모든 희망을 채찍질하여 밤과 함께 몰아갈 때에, 나는 쓸쓸한 잠자리에 누워서 당신을 기다립니다.

가슴 가운데의 저기압은 인생의 해안에 폭풍우를 지

어서, 삼천 세계(三千世界)는 유실(流失)되었습니다.

벗을 잃고 견디지 못하는 가엾은 잔나비는 정(情)의 삼림에서 저의 숨에 질식되었습니다.

우주와 인생의 근본문제를 해결하는 대철학(大哲學)은 눈물의 삼매(三昧)에 입정(入定)되었습니다.

나의 「기다림」은 나를 찾다가 못 찾고, 저의 자신까지 잃어버렸습니다.

독자에게

　독자여, 나는 시인으로 여러분의 앞에 보이는 것을 부끄러합니다.

　여러분이 나의 시를 읽을 때에, 나를 슬퍼하고 스스로 슬퍼할 줄을 압니다.

　나는 나의 시를 독자의 자손에게까지 읽히고 싶은 마음은 없습니다.

　그때에는 나의 시를 읽는 것이 늦은 봄의 꽃수풀에 앉아서, 마른 국화를 비벼서 코에 대이는 것과 같을는지 모르겠습니다.

　밤은 얼마나 되었는지 모르겠습니다.
　설악산의 무거운 그림자는 엷어갑니다.
　새벽종을 기다리면서 붓을 던집니다.
　　　　　　　　　－을축(乙丑) 8월 29일 밤 끝 －

무애(無碍)의 詩·歌·舞

　한용운이 남긴 「님의 침묵(沈默)」은 시와 노래가 하나가
되어 있는 시집이다. 그래서 「님의 침묵」이란 시집은 여타의
시집들과는 다른 의미를 간직하고 있다. 우리말로 만들어진
시집들이 수없이 많지만 시와 노래가 하나로 되어 있는 시집을
끄집어내 꼽는 일은 쉽지가 않다. 그런 시집이 많지 않기 때문
이다. 만해의 시집 「님의 침묵」은 시와 노래가 하나로 되어
우리로 하여금 걸림없는〔無碍〕 춤을 추게 한다.

　말이 노래가 되고 노래가 말이 되는 시를 남긴다는 것은 시
인의 창조력만으로는 불가능하다. 믿고 사랑하는 마음이 창조
력과 함께 하지 않고서는 말과 노래는 하나가 될 수 없다. 그
런 까닭에 말이 노래가 되고, 노래가 시가 되게 하려면 창조력
과 외경심(畏敬心)이 하나가 된 시정신(詩精神)이 시인에게
배어 있어야 한다. 시인 만해(萬海)는 그런 시정신을 배고 있

었기 때문에 시와 노래가 하나로 된 「님의 침묵」을 낳았던 것이다. 시와 노래는 항상 마음이 춤을 추게 한다. 만해시가 그러하다.

「님의 침묵」에 있는 88편의 시들은 모두 읽히는 시가 아니라 읊어지는 시이다. 읽히는 시와 읊어지는 시는 분명히 다르다. 읽히는 시는 시상(詩想)을 머리로 체험하면 되지만, 읊어지는 시는 말의 소리를 호흡에 실어 전신으로 퍼지게 하면서 시상을 체험하게 한다. 그래서 읊어지는 시는 소리로 감동을 울려 주고, 그 울림이 온갖 시상(詩想)을 물레질한다. 만해의 시들은 모두 시상의 물레질을 멈추지 않는다.

만해의 시들은 누구에게나 상상력을 살아나게 한다. 상상력이 살아난다는 것은 마음이 춤을 추는 것이다. 「님의 침묵」이란 시집은 시가 왜 노래가 되고, 노래가 어떻게 마음을 춤추게 하는가를 체험하게 하는 절묘한 시집이다. 왜냐하면 만해의 시들은 걸림없이 마음이 춤을 추도록 하기 때문이다. 마음이 춤을 춘다는 것은 감동이 신명이 되어 상상력을 한없이 뻗치게 하는 것을 뜻한다.

만해 시를 눈으로 읽고 머리로 생각해서는 감동을 나눌 수 없다. 만해 시를 입으로 소리내어 읊고 가슴으로 껴안아야 만해 시와 감동을 나누게 된다. 그러면 만해 시는 걸림이 없는 즐거움의 지혜를 나누자고 한다. 정을 나누고 마음을 나누는 것이야말로 시를 통한 체험이다. 걸림이 없는 시가 걸림이 없는 노래가 되고, 걸림이 없는 노래가 걸림이 없는 춤이 되는 시적 감동을 만해 시들이 구체적으로 안아준다. 그렇게 안기자면 만해 시 속으로 들어가는 것이다.

왜 만해 시 속으로 들어가야 하는가? 「님의 침묵」에 있는 만해 시들은 서정시이기 때문이다. 지적(知的)인 시는 그 안으로 들어가지 않아도 말을 나눈다. 그러나 서정시는 그 안으로 들어가지 않고서는 말을 나눌 수가 없다. 서정시의 말은 지(知)보다 정(情)을 타고 오고가기 때문이다.

「님의 침묵」에 있는 시들은 '님과 나와의 사이'에서 이루어지고 있다. 그 '사이'란 것은 이별이 만남으로 되는 시공(時空) 속에서 이루어진다. 그 시공은 이별의 저녁에서 만남의 새벽으로 되어 있다. '님'과 '나'는 이별의 저녁을 거쳐 한밤을 지나 만남의 새벽을 연다. 이별의 저녁을 거쳐 만남의 새벽까지 님과 나는 수많은 말을 노래로 주고받으면서 마음을 주고받는 체험을 하게 한다.

「님의 침묵」의 88편의 시들은 서로 불가분의 관계를 지니고 있다. 이것이 있으므로 말미암아 저것이 있고, 저것이 있으므로 말미암아 이것이 있다는 불가(佛家)의 인연(因緣)이 시와 시 사이에 놓여 있다. 이별이 있음으로 말미암아 만남이 있다는 믿음이 곧 만해 시 전체를 관류한다. 만해 시를 만날 때 이별에서 만남으로 가는 흐름을 타지 않으면 시적 감동을 체험하기 어렵다. 「님의 침묵」에 실려 있는 첫 작품 〈님의 침묵〉에서 시작된 이별은 88편의 마지막 작품인 〈사랑의 끗판〉에와서 만남으로 이어지는 것을 볼 수 있다.

만해 시에서 어떤 시적(詩的) 지식(知識)을 얻어내려고 하면 그 흐름을 탈 수 없게 된다. 이미 앞에서 지적했듯이 만해 시 속으로 직접 들어가야 한다. 만해 시 속으로 들어가는 방법은 간단하다. 시 속의 '나'를 바로 내 자신으로 여긴다면 곧장 만해 시 속으로 들어갈 수가 있다. 물론 이러한 시도가 만해 시에서만 필요한 것은 아니다. 모든 서정시는 시의 독자를 밖에 두려고 하지 않는다. 모든 서정시는 독자를 시 안으로 끌어들인다. 시가 독자를 끌어들이지 못한다면 그것은 잘못 만들어진 서정시에 불과하다. 만해 시는 누구라도 시 속으로 끌어들이는 강력한 흡인력을 지니고 있다. 왜냐하면 만해 시는 우리가 주고받는 말들이 곧 정서(情緖)가 되는 서정시로 걸림없이 존재하고 있기 때문이다.

「님의 침묵」은 다른 시집과는 달리 첫 시에서부터 끝 시까지 연작시처럼 읊어가야 만해 시가 간직한 극적(劇的) 서정(抒情)을 체험할 수가 있다. 묵독하면 만해 시의 참맛과 참멋을 잃어버리게 된다. 소리를 내어 읊게 되면 만해 시는 시상과 운율을 호흡과 자연스럽게 일치시킬 수 있다. 그리하여 시를 읊는 나는 시 속의 '나'로 옮겨져 님과 나 사이에 흐르는 정서는 걸림없이 춤을 춘다. 이렇게 만해 시는 서정시로서 상상력을 폭발시킨다.

만해 시 속의 '나'를 제삼자로 삼거나 시 속에 등장하는 주인공으로 삼게 되면 만해 시 속의 '님'도 멀어지게 된다. 그러나 만해 시 속의 '나'를 바로 내 자신으로 삼게 되면 만해 시 속의 '님'은 바로 내 님이 된다. 그러면 나와 님 사이에 거리는 없어진다. 이렇게 하여 독자는 서정시 속으로 들어갈 수 있는 것이다.

만해 시에는 매우 현학적인 낱말들이 서슴없이 나온다. 말하자면 유식한 용어들이 거침없이 시에 사용되고 있다. 그러나 그런 낱말들은 만해 시 속에서 정든 낱말들로 탈바꿈되면서 몹시 감성적인 낱말로 변화하고 만다. 여기서도 만해의 낱말을 구사하는 솜씨가 어느 것에도 걸림이 없다는 것을 느끼게 된다. 만해 시 속의 언어들은 세계를 사랑의 그물처럼 짜놓는다. 이러한 그물이야말로 인간과 생존을 생포하는 서정시의 감동의 힘이며 지혜의 힘인 것이다. 만해 시는 이러한 힘을 걸림없이 간직하고 있기 때문에 시를 읊는 독자를 시 속의 주인공으로 끌어들인다.

서정시는 독자를 시 속의 주인공으로 끌어들이는 힘을 간직하므로 변함없이 대중성을 얻는다. 서정시는 어떤 사상이나 관점을 근거로 해서 표현하지 않는다. 인간의 소망 때문에 서정시는 말하고 노래하여 상상력을 춤추게 할 뿐이다. 소망은 부족함을 만족함으로 옮겨 놓으려는 바람이다. 이러한 바람을 무리없이 순리대로 이룩해 낸다는 것은 지극한 감동이며 지극한 즐거움이다. 만해 시는 그러한 지극함을 독자로 하여금 걸림없이 체험하게 한다.

이별에서 만남으로 옮겨지는 것이 소망이며 바람이다. 그러한 변화를 막을 수 있는 것은 아무 것도 없다. 만해 시 속의

'나'는 '님'과 이별하고 있음을 절망하지 않는다. 그 이별은 만남으로 이어지기 때문이다. 이러한 극적 정서가 곧 만해 시가 이끌어내는 말의 힘이며 노래와 춤의 힘이다.

만해 시 속의 '나'를 시인 만해로 이해하려고 하면 만해 시속의 '님'은 말하지 않는다. 서정시 속의 '님'은 시인의 애인이 아니라, 읽거나 읊는 당사자의 애인이 되어야 입을 연다. 만해 시의 '님'도 다를 바가 없다.

만해 시 속의 '님'을 두고 조국·불타·민족 등으로 비유해서 접근해도 그 '님'은 입을 다문다. 왜냐하면 소망하는 모든 것이 다 님이기 때문에 어느 것이라고 한정해 '님'을 분별하면 님은 멀어져 간다. 사랑한다면 무엇이냐고 묻지 않는다. 정을 나누고 뜻을 나누고 상상의 세계를 넓히는 것이 서정적 체험이다.

만해 시 속의 '님'을 두고 너는 무엇을 나타내느냐고 묻는 독자가 있다면 그는 서정적 체험을 할 수 없게 된다. 그저 아무런 걸림없이 만해 시 속의 '님'을 나의 연인으로 맞아 들이면 그만인 것이다. 이렇게 하지 않으면 만해 시가 가능하게 하는 서정적 체험을 독자는 할 수 없게 된다. 서정시에서는 무엇을 상징하고 무엇을 주장하는 문제는 별로 가치가 없는 것이다. 서정시의 가치는 사랑하는 방법을 체험하게 하는 데 있기 때문이다.

이별한 상태의 님과 나 사이에 오고 가는 언어들은 님과 나를 만남의 상태로 이끌어 가는 고통과 절망 그리고 환희를 빈

틈없는 고리처럼 이어서 시적 상상력을 물레질한다. 서정시가 체험하게 하는 사랑하는 방법이란 무한하게 상상력을 살려내는 일이다. 상상력을 무한하게 하면 세상은 낯선 것이 아니라 치밀하게 되고 어느 것 하나 고립되지 않는 어울림을 얻게 된다. 만해 시의 시적 감동이란 바로 이러한 어울림이다. 그 어울림이 걸림없게 드러나 만해 시는 절묘한 서정시가 된다.

「님의 침묵」은 독자의 상상력을 걸림없이 펼쳐지게 한다. 님과 나 사이를 연결하는 모든 것들은 하나 같이 다 소중하고 사랑스럽다. 그리고 님과 나 사이에는 어떤 속셈이라든지 흥정이 없다. 나는 오로지 님의 세계를 사랑할 뿐이다. 이러한 서정이 만해 시를 관류하는 무애(無碍)의 詩·歌·舞이다.

만해 시는 님과 나로 하여금 말을 하게 한다. 그 말이 노래가 되고 그 노래는 춤이 된다. 말하자면 님을 만나려고 하는 내 마음은 상상의 날개를 타고 흐른다. 이러한 흐름을 두고 내적인 춤이라고 하는 것이다. 서정시는 이러한 내적인 춤을 열락(悅樂)으로 이끌기 때문에 생명력을 갖는다. 만해 시의 생명력은 어떤 철학성(哲學性)에 있는 것이 아니라 님과 나 사이를 하나가 되게 하는 서정성(抒情性)에 있는 것이다.

만해가 찾아낸 서정성은 우리 자신을 표현한다. 즉 만해 시는 한민족(韓民族)이 주고받는 정(情)을 바탕으로 인간과 삶을 느끼고 생각하는 세계를 표현하고 있다. 왜 만해는 3.1운동이 좌절당한 뒤에 이러한 서정시를 발표해야 했을까? 서정성은 인간의 절망을 구제한다는 보편성 때문이었다고 생각해

볼 수 있다.

일제는 3.1운동을 주도했던 만해에게 3년간의 옥고(獄苦)를 치르게 하였다. 일제에 대한 만해의 저항은 강인했지만 3.1운동에 대한 감회(感懷)를 한 번도 언급한 기록이 없다는 점에 우리는 주목하게 된다. 그리고 출옥한 뒤 곧장 설악산 백담사로 들어가 「十玄談」을 주해(註解)하고 동시에 「님의 침묵」을 집필했다는 사실을 또한 주목하게 된다.

「십현담주해」는 선(禪)의 원리를 밝히는 불서(佛書)이고 「님의 침묵」은 서정시집이다. 전자는 만해를 선사로서 살게 하였고, 후자는 만해를 나라 잃은 한 백성으로서 살게 하였다는 사실을 음미해 둘 필요가 있다. 3.1운동을 일으켰지만 일제에 짓밟히고 말았으니 좌절과 절망이 엄습해 올 수 있었다. 이러한 암울함을 선사(禪師)로서 극복하며 동시에 서정시인으로서 그 참담함을 극복할 수 있었으리란 생각을 버릴 수 없다. 이러한 절박한 시기에 「님의 침묵」이 창작되었다는 것은 서정성이 위기에 처한 인간에게 불굴의 힘을 제공해 주기 때문이라는 사실을 말해 준다.

「님의 침묵」은 한 시기에 집중적으로 집필된 시집이다. 이미 발표되었던 작품들을 모아서 한 권의 시집으로 엮은 것이 아니라 출옥(出獄) 직후 3년에 걸쳐 집필하여 1925년에 출판되었다. 「님의 침묵」에 있는 88편의 시는 '님과 나와의 사이'를 저녁의 이별에서 새벽의 만남으로 되돌아 가는 서정(抒情)을 표현하고 있다.

이별이 있으므로 만남이 있다는 것은 불교적이면서도 우리가 나누고 있는 서정(抒情)의 속성(屬性)에 든다. 그래서 만해 시에 등장하는 '님'과 '나'는 대상으로 존재하는 것이 아니라 시 속의 '나'는 바로 내 자신이 되며 시 속의 '님'은 바로 나의 님으로 끌어 안는다. 이런 것은 우리의 서정성이 공감대의 감동을 형성하고 있음을 확인하게 한다. 이처럼 만해 시가 우리를 하나로 묶는다. 이것은 우리의 감동이다. 우리의 말을 시가 되게 하고 노래가 되게 하여 우리를 춤추게 하는 감동이야말로 만해 시를 살아 있게 하는 무애(無碍)의 서정성(抒情性)이다.

윤 재 근
(한양대 교수)

한용운 연보

1879(1세)   충남 홍성에서 출생. 아명은 유천(裕天), 법호는 만해(萬海).

1884(6세)   향리 서당에서 한학을 배움.

1887(9세)   「서상기(西廂記)」, 「통감(通鑑)」, 「서경(書經)」을 통달.

1892(14세)   전정숙(全貞淑)과 결혼.

1904(26세)   장남 보국(保國) 출생.

1909(31세)   강원도 표훈사 불교 강사에 취임.

1913(35세)   불교강연회 총재에 취임. 박한영 등과 함께 불교 종무원 창설. 통도사 불교 강사에 취임.

1914(36세)   조선불교회 회장에 취임.

1915(37세)   조선선종 중앙교회 포교사에 취임.

1918(40세)   월간 교양지 『유심(唯心)』을 창간하여 편집인 겸 발행인이 되다.

1919(41세)   최린, 현상윤 등과 함께 조선독립에 대해 의논. 3월 1일 명월관에서 33인을 대표하여 독립선언을 낭독하고 투옥.

1922(44세)   3년의 옥고를 치르고 출옥.

1923(45세)   조선물산장려운동, 민립대학 설립운동을 지원.

1926(48세)   시집 『님의 침묵』을 회동서관에서 간행.

1927(49세)   신간회 중앙집행위원 겸 경성지부장에 뽑힘.

1931(53세)　『불교』지를 인수하여 사장에 취임.

1933(55세)　유숙원(兪淑元)과 재혼.

1934(56세)　딸 영숙(英淑) 출생.

1944(66세)　심우장에서 입적.

1962　대한민국 건국공로훈장 수상.

베스트셀러 한국문학선 30

님의 침묵

펴낸날 ㅣ 1996년 11월 16일 초판 1쇄
　　　　2012년 1월 10일 초판 17쇄

지은이 ㅣ 한용운
펴낸이 ㅣ 이태권
펴낸곳 ㅣ (주)태일소담
　　　　서울시 성북구 성북동 178-2 (우)136-020
　　　　전화 ㅣ 745-8566~7　팩스 ㅣ 747-3238
　　　　e-mail ㅣ sodam@dreamsodam.co.kr
　　　　등록번호 ㅣ 제2-42호(1979년 11월 14일)
　　　　홈페이지 ㅣ www.dreamsodam.co.kr

ISBN 978-89-7381-203-5　03810

● 책값은 뒤표지에 있습니다.
● 잘못된 책은 구입하신 곳에서 교환해드립니다.